モンスターと食卓を 3

椹野道流

角川文庫
22881

目次

Dining with a monster 3
Michiru Fushino

モンスターと食卓を

CHARACTERS

天《てん》河《かわ》陶《とう》子《こ》

有の勤める医大で教授を務めていた。有を苦しみから救ってくれた恩師。

シリカ

突然有の前に現れた、美しい青年。陶子と関係があるらしいが……。

杉《すぎ》石《いし》有《なお》

法医学者。ある患者を救えなかったトラウマを抱え、心を閉ざしている。

イラスト／青山十三

真《ま》壁《かべ》みかげ

有が医大で学んでいたときの同期生。医大をやめ、薬学部に入り直した。

中野《なかの》信吾《しんご》

臨床検査技師。人懐っこくて好奇心旺盛。有との距離を縮めたいと思っている。

日《ひ》長《なが》和《かず》也《や》

ラグビーで鍛えた刑事。有のトラウマとなった出来事を知っている。

プロローグ

半ば夢、半ばうつつ。

そんな中途半端な場所に心を遊ばせていると、自分がどこで何をしているのか、ふとわからなくなる。

それどころか、温かな光が差し込むリビングルームで、大きなソファーに身体を預けていると、自分の肉体が、ぐずぐずと溶けて流れ出すような気すらしてくる。

(ああ、これは、いけない)

シリカはいつの間にか閉じていた目をゆっくりと開けた。

仰向《あおむ》けに横たわったまま、両の手を差し上げ、顔の前に持って来る。

握って、開いて、また握って、また開いて。

ギュッと握ったときに手のひらから逃げ去った血液が、指をいっぱいに開くと、ゆっくり戻ってくるのがわかる。

「ああ、生きている」

ホッとした様子で、シリカは呟《つぶや》いた。

「また……わたしが、いなくなってしまうかと思った」

彼がそんな感覚に襲われるのは、今に始まったことではない。

これまで何百回、いや、何千回と味わってきたお馴染《なじ》みのものだ。

幼い頃、自我らしきものが生じたときには既に、彼は「人間」として扱われてはいなかった。

異形、従順な獣、あるいは、ただの便利な道具。

彼の周囲にいる人間たちは、皆、彼をそんな風に扱った。

自分の心を表現する自由を与えられず、抗議の声を上げると殴られた。

彼に許されたのは、言いつけを理解したと示すために頷《うなず》くことだけ。

心を持てばつらいだけだ。

だから、自分から、心を閉じこめた。

みずから、道具に姿を変えようとした。

呼吸して、与えられた食事を摂《と》って、排泄《はいせつ》をして、命じられた仕事をして、眠る。

そこに心は要らない。

誰もそんなものを彼に求めていないし、彼自身も、特に必要としていない。

何も考えないほうが、生きるのはきっと楽だ。

何のために生きるのかはわからないが、自分で自分を殺すのは嫌だと思った。

だから、消すのは難しそうな心を、身体の深いところに押しやって、きつく蓋《ふた》をした。

でも、そうすればそうするほど、「自分が消える」ことの恐怖がみぞおちのあたりから唇までこみ上げてきた。

怖いのか、悲しいのか、苦しいのか。

そんな分類すらできず、彼は狭くてジメジメする薄暗い部屋の中で、ただ自分の体を両腕できつく抱き締め、己の存在を確かめることしかできなかった。

（でも、今は違う。わたしは、わたしだ）

遠くから、すっかりお馴染みになった短いメロディーが聞こえてきて、シリカはむっくりと起き上がった。

寝室を出て、ヒンヤリした床板をぺたぺたと裸足《はだし》で踏みながら、廊下を歩き、浴室へ向かう。

さっき彼を呼んだのは、脱衣所に置かれたドラム式洗濯機だ。洗濯が終了したのである。

「お待たせしました」

洗濯機に声をかけ、シリカは丸い扉を開けた。

中に詰まっているのは、タオルや布巾《ふきん》、それに、シリカと、彼の同居人であり、この家の主《あるじ》でもある杉石有《すぎいしなお》の衣類だ。

それを一枚ずつ取りだし、パンパンと引っ張ってざっと畳み、ものによっては両手で簡単にシワを伸ばしてから、再び洗濯機に戻す。

無論、洗濯機には、洗濯から乾燥まで自動的に行うプログラムがあるのだが、こうして途中で一手間かけたほうが、洗濯物が綺麗《きれい》に乾く。

シリカにそれを教えてくれたのは、天河陶子《てんかわとうこ》。

道具として生きていたシリカの手を取って荒れた環境から連れ出し、色々な国を転々としながら、シリカに言葉と、人間の暮らしを教えてくれた人だ。

陶子は病を得て死んでしまったが、シリカのことを、かつての「教え子」である有に託してくれた。

有はシリカについて、陶子からあまり聞いていないようだが、共に旅をしているあいだ、陶子はよく有の話をシリカにした。

「あなたとは違う方向性で、自分の心を殺そうとしていた人なの。今も、きっと自分を許せないままでいる。自分も他人も愛してはいけない、幸せになってはいけないと思い込んでいる」

それが、陶子の語る有の人となりだった。

有と出会うまで、シリカは彼女の言葉の意味が理解できなかった。だが、有と暮らし始めてもうすぐ半年になる今は、少しだけわかる気がする。

有はかつて、誰かが自殺する原因となる言葉を発してしまったことを、ずっと悔やみ、責任を感じ続けているようだ。

その償いようのない罪が、有と陶子を出会わせ、結びつけたらしい。

（トーコは、わたしの心を助けてくれたのに、なおの心は助けなかった。ううん、助けちゃだめだったんだ。なおが、自分で自分を助けなきゃいけないって。そんなことを言ってたっけ）

陶子の言葉を思い出しながら、シリカは残りの洗濯物も大きな両手で丁寧に伸ばしていく。

（トーコは、わたしとなおが助け合えればいいと言っていた。一緒に『泥から陸地に上がる』仲間になれればいいって。だから、わたしはここにいる。トーコのかわりに。ううん、わたしがここにいたいから。なおと一緒にいたいから）

綺麗に伸ばした洗濯物を洗濯機に戻し、蓋を閉めて乾燥ボタンを押したシリカは、屈《かが》めていた長身を伸ばした。両手を天井に向けて高く突き上げると、背筋がしゃんとして気持ちがいい。

「さてと」

洗濯機のドラムが回転し始めたのを確かめて、シリカは脱衣所を出た。

つい先日までは、冷房のないこの部屋は、熱が籠《こ》もって耐えがたいほど暑かった。

しかし、ここしばらくは、うっすら汗ばむ程度で済んでいる。

さっきシリカが寝ていたリビングルームも、太陽の光がふんだんに入る設計ではあるが、天井が高い分、暑さはそこまでではない。エアコンをつけておけば、十分にしのげる。

もう一ヶ月もすれば、そのエアコンすら必要はなくなるだろう。

「掃除機は、今日はいいかな。床、きれいだもんね」

おそらくは無意識に独り言を言いつつ、シリカはリビングの大きな掃き出し窓に近づいた。

この家は以前、洋画家をしていた有の祖父がアトリエとして使っていたそうで、今も家のあちこちに、彼が描いた静物画が飾られている。どれも小品ばかりだが、シリカのお気に入りは、玄関に掛けてある「みかんとバナナとオクラ」の絵だ。

(この前、図鑑で調べたけれど、この庭には、みかんもバナナも植わっていない)

有がよく「猫の額」と形容する小さな庭を見回し、シリカは小首を傾げた。

(オクラはあったのかな。なおのおじいさんは、どんな人だったんだろう。なおの……ううん、みんなのおじいさん、ってのは、どんな感じの人たちなんだろう)

シリカには、祖父母がいない。両親もいない。兄弟も、親戚《しんせき》もいない。

いや、そのうちの誰か……少なくとも生物学上の両親は当然ながら存在したはずだが、シリカは彼らの顔も名前も知らない。

元からシリカの世界に存在しなかった人々なので、自分の両親がどんな人物なのだろうかという興味はあっても、正体や居場所を突き止めて会いたいなどという渇望はない。

今のシリカには、何故かはさっぱりわからないものの、ある時から突然に彼の養母となり、導いてくれた陶子の面影が胸にある。それだけで、彼にとっては十分なのだ。

（でも、なおは、親やおじいさんおばあさんと自分を比べてみると、似ているところ、受け継いだ才能がわかって面白いって言ってた。それはちょっと、気になるな。わたしのあれこれは、誰にもらったものなのかしら）

　有には積極的に打ち明けていないが、おそらく自分には、常人にはない「才能」がいくつか備わっている。

　それは陶子に指摘され、シリカ自身もある程度、自覚していることだ。

　しかし、陶子は死ぬ少し前、そうした「才能」については、有に話す必要はないとシリカに告げた。

「そのうち、自然にわかってくることだから。杉石先生はいい人だけど、真面目過ぎるの。だから、一度にいくつもは抱えられない。ゆっくり、ゆっくりね。作戦には、秘密がつきものなのだし」

　そう言って、どこか悪戯《いたずら》っぽく微笑んだ陶子の痩《や》せた顔を、シリカは今もありありと思い出すことができる。

（意味はよくわかんないけど、トーコの言うことは、いつも正しかった。だから……ごめんね、なお。トーコが立てた「作戦」だから。まだ、ひみつはひみつのままにしなきゃ）

　いつか、自分の「秘密」がすべて明らかになったとき、有はどんな反応を示すだろうか。

いつもの、ちょっと目を伏せた悲しそうな顔をするだろうか。

それとも、シリカが危ないことをしたときにだけ見せるあのささやかな怒りを、もっと大きく爆発させるだろうか。

（悲しまれるよりは、怒られるほうがいいな。なおになら、ちょっとくらい殴られてもいい。それで、許してくれますように）

そんな願いを抱いて、シリカは庭にある花梨《かりん》の木を見上げた。

春にピンク色の小さな可愛い花が咲き、夏のある日、ふと梢《こずえ》を見上げると、小さな緑色の実がそこここについていた。

最初は小さく丸かったその実が、徐々に大きく、楕円《だえん》形に育ってきている。

花梨を知らなかったシリカに、有は、「マルメロの仲間だよ」と教えてくれた。

マルメロなら、シリカも知っている。陶子の大好物の一つが、マルメロのジャムだった。

手ずから作った、独特の柔らかな風味を持つジャムを、彼女はヨーグルトに入れたり、チーズと一緒に食べたりして楽しんでいた。

「かりん、でも、あのジャムはできるかな。なおにも、食べさせたい」

陶子はよく、マルメロのジャムの作り方を「切って砂糖と煮るだけ」と言っていた。

シリカも何度か手伝ったことがあるし、作り方も見て覚えている。

「君にはどうも危なっかしいところがあるから、家にひとりでいるときは、できるだけ包丁やガスコンロを使わないでくれ」

有にはそんな風に言われているが、ジャムくらいなら……いや、それでも要相談かもしれない。もし一緒に作れたら、きっととても楽しいだろう。

「実をもぐのが、とっても楽しみだよ」

窓越しに花梨の木に声をかけ、シリカは徐々に訪れつつある新しい季節に思いを馳《は》せた。

1

兵庫県神戸《こうべ》市。六甲《ろっこう》山系と瀬戸《せと》内海《ないかい》に挟まれたこの街に住む人々の多くは、北を山側、南を海側と呼ぶ。

東西南北を判断するのがあまりにも容易《たやす》い土地柄ゆえ、他の地方に出掛けると方向感覚がおかしくなるという弊害がある、なかなかにユニークな街だ。

その神戸市の、JR神戸駅から「山側」へ向かい、急で長い坂を上がったところにあるのが、N医科大学である。

大正末期に前身となる「N高等医学専門学校」が創立して以来、お世辞にも広いとはいえない敷地に少しずつ、今日まで様々な施設を建て増ししてきた。

そのせいで、時代を映す統一感のない建物がひしめき、それぞれを結ぶ通路も複雑怪奇な配置となってしまった。N医科大学という正式名称の代わりに、ある種の親しみとノスタルジーを込めて、「神戸の九龍城《クーロンじょう》」と呼ぶ人も少なくない。

そんな雑然としたキャンパスの隅っこに、二階建ての小さな鉄筋コンクリートの建物がある。一階部分が、杉石有が今いる法医解剖室として用いられている。

鑑定医の有にとっては、司法解剖を行うための法医解剖室が、ある意味、主戦場と呼べる場所だ。

今朝、いつもどおり午前九時半から始まった一件目の司法解剖は、午後一時を過ぎて、ようやく終了の目処《めど》がつきつつあった。

「教授《プロフェッサー》がいてはらへん日に限って、手ぇばっかしかかる解剖が入るなあ」

そんなあけすけな愚痴をこぼしたのは、臨床検査技師の中野《なかの》信吾《しんご》だった。

いわゆる実働部隊としては、教授の虎目《とらめ》実郎《じつろう》、有、そして中野しかいないミニマムな所帯ゆえ、いちばん若手の中野は、検査だけしていればいいというわけにはいかない。

司法解剖の準備から解剖助手、はては筆記役まで、まさに八面六臂《はちめんろっぴ》の活躍を見せる彼は、基本的に好青年ではあるのだが、好奇心旺盛《おうせい》で、若干無神経なところがある。

低い台の上に摘出された遺体の腸管を、身を屈《かが》めて鋏《はさみ》で切り開いていた有は、手を止め、顔を上げた。目の前の解剖台に横たわる遺体をチラと見てから、小声で中野をたしなめる。

「そういう言い方はないだろう。ご遺体に失礼だぞ。こんな死に方をしたくてしたわけじゃない」

「そらそうですよ。めちゃくちゃ可哀想やとは俺も思いますけど、何もこんな……」

中野は不服そうに頬を膨らませて言い返しつつ、分厚い軍手をはめた手で、自分の右肩の鎖骨あたりを指さした。

「こんなとこ、わざわざ撃たれんでも。鎖骨の下から入った銃弾が、肩甲骨にぶつかって跳ね返って、肺を後から前にぶち抜いて、今度は胸骨にぶつかってまた跳ね返って、ほんで心臓に穴空けて、最終的に椎骨《ついこつ》に力負けして横隔膜の隅っこでかくれんぼとか、大概ですやん。胸腔《きょうくう》ピンボールかっちゅうねん」

有も、その言葉には渋い顔で言葉少なく同意する。

「それは、確かに。銃創はいささか煩雑だった」

「いささかぁ？　弾丸探すん、だいぶ難儀してはったやないですか。先生、気持ちがあんまり表情に出えへんし、ぱっと見ぃ冷静に見えるけど、実は静かにめっちゃ焦ってたでしょ、さっき」

チャラチャラして見えるが、実は観察眼が鋭い中野の指摘に、有は困り顔でしぶしぶ同意する。

「多少は」

「先生の多少は『めっちゃ』でしょ。俺知ってますし。はー、直接死因は心臓ぶち抜かれたことにあっさり決まっとんのに、その弾丸のルートを追うんがめちゃくちゃ厄介やったですよね。お疲れさんです」

「だが、この人だって、好きで撃たれたわけじゃない。不運でしかないよ。暴力団員同士の諍《いさか》いが起こった現場に、偶然居合わせただけなんだから」

有は遺体に向かって、眼鏡越しに痛ましげな視線を投げた。

ステンレス製の解剖台に横たえられているのは、四十二歳の男性だ。

今は全裸で、体幹を大きく切開された状態だが、解剖室に運び込まれたときには、誰もがよく知る宅配業者の制服を身につけていた。

配達業務中、それもよりにもよって、荷物を持って、届け先の家のインターホンを押し、応答を待っているときに、突然始まった銃撃戦に巻き込まれてしまったのである。

まったくもって、気の毒と言うより他がない。

（この解剖室に運び込まれるのは、たいてい突然かつ理不尽な死に見舞われた人たちばかりだ。その中でも、この人は……）

有は、遺体の顔を見つめた。

言うまでもなく、有はこの男性と解剖室で初めて出会った。

人が死亡し、死後硬直が始まると、顔面の筋肉もやがては硬直し、組織の乾燥と相まって、顔つきは少しずつ変わっていく。

ゆえに、有が遺体の顔から受ける印象は、必ずしも生前の男性のイメージと合致しているとは限らない。

しかし、少なくとも男性の顔を見ていると、有の脳裏には「実直」という言葉がよぎる。そして、男性の顔には、どこか驚いたような表情が浮かんでいた。

その表情が、有の胸を強く打つ。

今朝、いつものように起床し、いつものように朝食を摂《と》り、おそらくは家族と他愛ない会話をしたのだろう。

もしかすると夕食の献立や、週末のレジャーの予定なども話題に上ったかもしれない。

あるいは、ささやかな言い争いなどもあったかもしれない。

そして、これまたいつものように仕事を始め……予想だにしなかった銃弾をその身に受けた。

いくら体内で迷走したといっても、弾丸が男性の皮膚を貫いてから心臓の壁を破るまで、ほんの一瞬のことだったと考えられる。

(自分の身に何が起こったかわからないまま命を落とした。そんな顔をしておられる。実際、そうだったんだろうな)

有は、眼鏡の奥の目をつらそうに細めた。

(人は思いがけないタイミングで、いとも簡単に死んでしまう。ついさっきまで笑っていた人が、次の瞬間には物言わぬ骸《むくろ》になっている)

目の前の男性を痛ましく思う気持ちが、有の決して消えない罪を鮮やかに呼び覚ます。

N医科大学で研修医として各科を回り、研鑽《けんさん》を積んでいた若い日、有は世間を騒がせる重大事件を起こした。

入院中だった憧《あこが》れのミュージシャン、宮入《みやいり》ソウスケの担当となった彼は、ソウスケのたっての願いを受け、主治医や家族が伏せていた彼の病状について真実を告げてしまったのである。

それは、ソウスケの「真実を知り、ファンに説明責任を果たしたい。でないと自分自身も前へ進めない」という熱のこもった言葉に胸を打たれ、彼の前向きな態度を信じた有の、未熟さ、純粋さゆえの愚行だった。

だが、自分の病が進行性の喉頭《こうとう》癌で、手術によって確実に声を失うことになると知ったソウスケは、残酷な現実と向かい合う代わりに、みずから命を絶った。

有が最後に見た宮入ソウスケは、屈託なく笑って、手を振っていた。

そんな彼が自殺したと聞かされたとき、有は咄嗟《とっさ》にそれを信じることができなかった。遺族の感情を思えば、遺体との対面など許されるはずもない。だから有は、ソウスケがどんな顔で死の瞬間を迎えたのか、知る由もない。

今でも、目を閉じて思い出せるのは、あの日の、病人とは思えないほど生き生きした彼の笑顔、有にワガママを言うときの張りのある声だけだ。

(あんなにエネルギーに溢《あふ》れた人が……死んでしまうなんて)

無論、みずからを殺すという決断が「簡単」であるはずなどない。

それは有とて重々理解している。

それでも、娯楽を愛し、歌を愛し、家族を愛し、ファンを愛していたソウスケが、あれほど呆気《あっけ》なく世を去ってしまったことが、有には今も信じられない。

(それなのに、僕は)

淡いブルーのマスクの下で、有は唇を噛《か》んだ。

宮入ソウスケが自死した後、N医科大学の経営陣は、有の処遇を巡って激しく紛糾した。

おそらく皆の総意としては、大問題を起こし、N医大の評判を地に落とした有を、即座に追放したかったことだろう。

しかし、遺族が公表したソウスケの遺書には、「彼自身が有を騙《だま》して真実を強引に聞きだした。有に罪はないので責めないでほしい」という主旨のメッセージが綴《つづ》られており、それを踏まえ、遺族は有を告訴しないと決めた。

そのニュースが流れた途端、それまで人殺し、医者失格と有を激しく非難していた世間の人々は、見事なまでに手のひらを返した。

涙ながらに「亡き夫、宮入ソウスケの想いを汲《く》んで、杉石有医師を許します。彼のしたことは医師として許されないことですが、彼もまた、宮入に騙された被害者とも言えるので」と語るソウスケの妻の映像を見た人々は、一斉に有への理解と同情を口にし始めたのである。

大学としても、有を一方的に犯罪者扱いして解雇することが難しくなってしまった。

一方で、法に裁かれることも、遺族に面罵《めんば》されることも、大学を追われることもなかった有は、自分で自分を責め、裁くしかなかった。

彼は、ソウスケの命を自分の命で贖《あがな》うしかないと考え、自殺をはかったが、無様に失敗した。

おそらく、N医大の経営陣は地団駄を踏んだに違いない。

いっそ死んでいてくれたら。

医師としては決して口にできない言葉をぐっと呑《の》み込んだ彼らは、N医大の病室に半ば監禁する形で入院させた有に、「思想的再教育」を施すための人物を送り込んだ。

それが、当時、医療倫理学教室の教授であった天河陶子である。

生きる気力をなくし、しかし厳しい監視下に置かれて再び自殺を試みることは許されず、罪の重さにただ苦しむばかりの有を、陶子は再び生の世界へと連れ出してくれた。

有の命ひとつで、彼が失わせたソウスケの命が贖えると考えるのは傲慢《ごうまん》に過ぎる。

そんな陶子の指摘は、ただ死という終末に逃げ込もうとしていた有の心に深く楔《くさび》を打ち込んだのだ。

生きて、償いの道を探す。

たとえソウスケや遺族に償うことはかなわなくても、生きていれば、誰かのために何かできるかもしれない。失われようとしている命を、この世に留《とど》める手助けができるかもしれない。

その可能性を探る方法として、N医大を去ることを事実上許されない有のために陶子が示したのが、「死者に仕えること」、つまり、法医学の道だった。

不慮の、そして多くは無念の死を遂げた人々やその家族のために、死因を探り、犯罪捜査に必要な情報を物言わぬ遺体から読み取る。

有にとっては、今、こうして鑑定医として遺体に向き合うことこそが、贖罪《しょくざい》の日々を生きることに他ならないのだ。

「……センセ？　起きてます？」

つい、物思いに耽《ふけ》ってしまい、動きを止めたままの有に、中野はいささか不気味そうな顔つきで呼びかける。

「あ、ああ、すまない。写真撮影が終わったら、臓器をご遺体に戻す準備を頼んでもいいだろうか」

「了解っす。とりま大腸開いた写真撮りたいんで、切りかけのやつ、続行してもろてええですか？」

「あ……ああ、そうだった。失礼した」

有は慌てて作業を再開した。

「たまにボーッとしはるなあ、センセ。ほっそいから、低血糖なんちゃうかな。やっぱし書記席に飴《あめ》ちゃんでも用意しといたほうがええかもしれん」

口の中でそんなことを呟《つぶや》きながら、中野は「そろそろ写真のラストスパート行きましょか」と、待機している所轄署の鑑識員に声を掛けた。

その夜。

ガチャリ。

鍵《かぎ》を開け、玄関扉を開けた有の鼓膜を、すっかり聞き慣れた男の声が震わせる。

「おかえり、なお」

有も、特に驚いた風もなく、ほんの数ミリ口角を上げて挨拶《あいさつ》を返した。

「ただいま」

有の目の前、玄関の上がり框《がまち》に立っているのは、この春から有の同居人となったシリカという名の男だった。

戸籍上の名は、天河シリカ。

あの天河陶子が、晩年になって迎えた養子である。

突然、Ｎ医大の教授の職を辞した陶子は、それ以来、有とも虎目とも音信不通だった。理由はわからないものの、彼女は色々な国を旅して暮らしていたと語っていた。そのどこかでシリカと出会い、行動を共にするようになったのだろう。

彼女は病死する少し前、八年ぶりに再会した有に、「私の大切なものを、あなたに預かってもらいたいの」と切り出した。

そのときは、「大切なもの」が何か知らないまま、それでも大切な恩師の頼みならばと、有は承諾の返事をした。

その結果が、陶子の死の報《しら》せを持って現れた「大切なもの」、シリカだったのである。

すらりとした長身に、白いＴシャツとカーゴパンツをまとったシリカは、そのカジュアルな装いとはかなりちぐはぐな美貌《びぼう》の持ち主である。

金髪に近い、淡い栗色の髪には緩くウエーブがかかり、その髪が縁取る彫りの深い、それでいて意外なほどスッキリした涼しげな顔は、ミルクガラスのように白く、不思議な透明感がある。

何より見る者の目を捉《とら》えて離さないのは、シリカの双眸《そうぼう》だった。

睫毛《まつげ》の長い、アンティークドールを思わせるその目は、瞳《ひとみ》が大きく、そして虹彩《こうさい》の色があまりにも特徴的だ。

出会ってしばらくしてから、有は「ああ、オパールによく似ている」と気づいたものだが、シリカの虹彩は、見る角度、あるいは光の反射によって、複雑に色を変える。

金色に輝いたかと思うと、次の瞬間には緑色に変じ、灰色に沈み、次の瞬間には深みのある紫色に落ちつくといった具合だ。

今、玄関の温かみのある光の下では、シリカの虹彩は優しく淡い茶色に見えている。

「今日は、有、足が痛い？」

シリカは少し心配そうにそう言った。靴を脱ぎかけていた有は驚いて動きを止めた。

「そんなことまでわかるのか？」

するとシリカは、さも当然といった様子でフラットに答える。

「足音が、ちょっとだけいつもと違った。片っぽだけ、ひょい、ひょい、って早く上げてたよね」

有は、信じられないという面持ちでシリカの美しい顔を見上げた。

出会ってからというもの、有はシリカの色々なことに驚かされてきた。若いとはいえ大人と分類される年齢のはずなのに、シリカには恐ろしく世間知らずで幼いところがある。

そのくせ学習能力は高く、知り得た知識はぐんぐんと吸収して我が物にしてしまう。

まるで、ずっと休眠していた植物の種が、水と土と光を得て発芽し、急速に伸びてゆくさまのようだ。

しかも、ハッキリしたことはまだわからないが、どうやらシリカは様々な身体能力が異様に高いようだ。

腕っ節が強いし、走るスピードも驚くほど速い。

特に聴覚は極めて鋭敏で、今のように、有が帰宅すると必ず玄関で出迎えてくれるのは、彼曰《いわ》く、「角を曲がったところから、有の足音が聞こえ始めるから」なのだそうだ。

町に溢れかえる音がつらいからと、外出時は常に耳栓を装着しているところからも、それがホラや誇張でないことはわかる。

「今日は、新しい革靴で出勤したんだ。いつものことなんだが、履き慣らす段階で、どうしても右足だけ靴擦れができる。それで、歩き方がいつもと少し違ったのかもしれない」

「ああ、痛いから、早く足を持ち上げちゃったんだね。かわいそう。大丈夫？」

「酷《ひど》くなる前に絆創膏《ばんそうこう》を貼ってケアしておいたから、問題ないよ」

「そっか、よかった。お風呂《ふろ》、準備しておいたよ。わたしはお腹がすいた！」

まるで小さな子供のように、シリカは両手をみぞおちのあたりに重ねて置いた。

いつもの台詞《せりふ》に、今度こそ靴を脱いで玄関に上がった有は苦笑いする。

「ありがとう。すぐ上がるから、これをキッチンに運んでくれるかい？」

有が差し出したエコバッグを、シリカはさっと受け取り、中を覗《のぞ》いた。

「わー、色々入ってる。いつものスーパー？」

「ああ」

「わたしも行きたかったな」

スーパーマーケットが大好きなシリカは、心底残念そうな顔をする。

「今日は少し買い足す程度だったから。週末の買い物は一緒に行こう」

有がやや弁解するような口調でそう言うと、シリカはすぐに笑顔に戻った。

「そうしよう。何か、わたしがしてもいいことはある？」

「そうだな。レタスを半玉分くらい、洗ってちぎっておいてもらえるとありがたい。サラダ用に」

「わかった！　レタスをちぎるのは好きだよ。指が気持ちいいもの」

シリカは嬉《うれ》しそうに請け合った。

「できるだけ早く上がる」

そう言い残し、右のつま先に軽い靴擦れの痛みを感じながら、有は大股《おおまた》に浴室へと向かった。

二人でキッチンに立ち、二人で手分けして料理を作り、二人で皿をテーブルに運び、差し向かいで食事をする。

シリカがやってきて、半ば強引に有の家に居座って以来、休日は三食、平日でも朝晩は、それが当たり前のことになった。

一人暮らしが長かった有には、季節がほぼ二つ過ぎた今でも、未《いま》だに少し慣れない感じが残っている。居心地が悪いというよりは、どこかくすぐったい感じだ。

「なお、オーブンちょっと開けてみていい？」

長身を折り畳むようにしてオーブンの前にしゃがんでいるシリカを、有は呆《あき》れ顔で制止した。

「駄目だ。外から見るだけに」

「ちぇ。開けて、中から熱い風がぶわーっと出てくるの、気持ちがいいのに」

「それはまさに、庫内の温度が下がっている証拠だろう。料理の仕上がりが遅くなるぞ」

「それもそっか。オーブンの窓、今度きれいに拭《ふ》いて、もっと中がよく見えるようにしよう。これじゃつまんないや」

勢いよく立ち上がったシリカは、調理台に向かって作業中の有の横にやってくる。

「できてる！」

「君がレタスを用意しておいてくれたから、早かったよ。運んでくれるか？」

「あいあいさー！」

不格好な敬礼の真似事をして、シリカは楕円《だえん》形の皿を両手で持つ。

レタスを敷き、その上に木べらで叩《たた》いた胡瓜《きゅうり》を並べ、スーパーで買ってきたサラダチキンを適当にほぐしてふんわりと載せる。周囲にプチトマトを飾って、市販の胡麻《ごま》ダレをかければ、あっと言う間に棒々鶏《バンバンジー》風のサラダが完成する。

料理というにはあまりにも簡単だが、とにかくわかりやすい美味《おい》しさなので、有とシリカの二人共が気に入り、この夏の定番サラダになった。

週末のランチには、このサラダに茹《ゆ》でて水でしっかり締めた中華麺《めん》を合わせることもある。

まな板に落ちていたサラダチキンの欠片《かけら》を摘《つ》まんで口に入れ、有は小さな溜《た》め息をついた。

(旨《うま》い、という言葉をもう一度使えるようになるとは思わなかったな)

正直、宮入ソウスケの死以来、自分の楽しみや喜びを固く封印してきた有は、食事を楽しむことすらなかった。

食べるのは、ただ生き続けるための手段に過ぎない。必要最低限の栄養素とカロリーさえ摂取できれば、それでいい。

頑《かたく》なに、そんな風に思い込もうとしていた。

しかし、シリカが来て、そんなことを言っている場合ではなくなった。

一日三食しっかり食べ、育ち盛りの子供のように健やかな空腹を訴える彼のために、有は栄養のバランスのいい献立を考えるようになったし、実際、同じ料理を分け合い、「美味しいね！」と笑顔で食べてくれる相手がいると、自然と食事が楽しくなってしまう。

それに罪悪感を覚え、宮入ソウスケの遺族や彼を愛した人々は、有が幸せを感じることを決して喜ぶまいと、彼は胸塞《ふさ》ぐ気持ちになることも少なくなかった。

しかし、そんな鬱々《うつうつ》とした思いや迷いを和らげてくれたのもまた、シリカだった。

「誰かが不幸せでいてほしいって願っちゃう心は、きっとさみしい」

平易な言葉で有の心の奥底をザクリと刺したシリカは、続けてこうも言った。

「なおは、さみしさを減らしていい。その分、なおの不幸せを願っちゃう人たちのさみしさも、いつか減らしてあげられるといい。どうしたらいいかはわからないけど、わたしも手伝う」と。

その言葉は、まるで春の温かな風のように、凝り固まった有の心を少しだけ溶かしてくれた。

自分が毎日を大切にして生きるからこそ、他人の人生をも大切にできる。

喜びを知るからこそ、他人の喜びを理解し、尊重することができる。

心を偽らず、言葉を飾らないシリカとの共同生活によって、有はそんな当たり前のことにやっと気づくことができたのである。

「運んできたよ！　グラスも出した。お箸《はし》も出した。取り皿も。あとは……」

「取り分け用の大きなスプーンが必要だな」

「そうだった！」

お手伝いが大好きな子供のように、シリカは元気いっぱいの返事をする。

（オーブンから料理を取り出すのは、安全を考えると僕がやりたいが、そうしたらシリカがむくれるだろうな。ミトンをしっかりはめさせなくては）

そんな母親めいたことを考えている自分に気づき、有はやれやれと力なく頭を振った。

「うん、これは美味しいね！」

サラダを食べ終え、さっきまでオーブンに入っていた熱々の器から、今日の主菜である「野菜と生ハムのチーズ焼き」を有に取り分けてもらったシリカは、ふうふうと慎重に吹き冷まして頬張った料理に歓声を上げた。

「それはよかった」

初めて作った料理の評判がいいと、有の表情にやや乏しい顔にも、安堵《あんど》の笑みが浮かぶ。

耐熱容器の底に香り付けのニンニクを擦りつけ、そこに夏の名残の野菜、つまりスライスした茄子《なす》とトマトとズッキーニを綺麗《きれい》に並べていく。隙間に薄切りの生ハムをクシャッとさせて差し入れ、貰《もら》い物のモッツァレラチーズを適当にちぎって全体に散らし、ハーブソルトとパン粉、パルメザンチーズを振りかけてオーブンで焼くだけという、なんとも素朴な料理である。

これまで料理にあまり関心を持たなかった有なので、忙しい平日は、手の込んだ料理などとても作れない。

レシピサイトや料理動画に大いに助けてもらいながら、どうにか料理のバリエーションを増やしているところだ。

特にオーブン料理は、オーブンに調理を任せている間に、他の料理を作ることができるので、最近はよく挑戦するようになった。

「わたしがオーブンから出した料理だよ。なおも食べて！」

どこか得意げにそんなことを言うシリカに、有は不意打ちされて思わず小さく笑ってしまった。

なんでも楽しんでやるシリカだが、どこか危なっかしいところがあるので、有は、シリカが家にひとりでいるときには、刃物や火をできるだけ使わないでほしいと要望している。

そのせいでシリカが不自由しないように、電気ケトルとＩＨ調理器を用意したが、シリカは自分だけのために料理をすることに興味がないらしく、いつも有の帰りを空腹で待っている。

お菓子でも何でもつまめばいいと有は言うのだが、「お腹ぺこぺこで食べたほうが、ごはんは美味しいよ」と、単純かつ異論の挟みようがない返事をされてしまっては、とにかく少しでも早く、旨い食事を作らねばと努力するより他がない。

「はい、どうぞ。たくさんめしあがれ！」

「どうも」

さっき有がしたよりはいささか不器用に、シリカは大きなスプーンいっぱいに野菜と生ハムをすくい、有の皿に入れる。

自分が仕込み、オーブンが仕上げ、シリカが運んだその料理を味わった有は、満足げに小さく頷《うなず》いた。

野菜は、みずからの水分で蒸されて柔らかく、それでいて、それぞれ独特の食感を保っている。生ハムの塩気と二種類のチーズのこっくりした味わい、パン粉のカリカリ食感、そしてハーブの香りが加わると、実に風味豊かで食べ飽きることがない。

野菜から出た美味しいソースを、ちぎったバゲットに吸わせて頬張ると、微《かす》かなニンニクの香りを感じてなお旨い。

「これは、また作ろう」

すっかり喜びの語彙《ごい》が少なくなってしまった有のそんな言葉に、シリカは満面の笑みで同意した。

「うん、作ろう！　ふふ」

嬉《うれ》しそうに笑うシリカに、有は小首を傾げる。

「そんなに気に入ったのか？」

「気に入った！　野菜は美味しい。それに」

「それに？」

「なおは、『次の約束』をするとき、嬉しそうな顔をする。わたしも、それを見ると嬉しい。だから」

「……そうだな」

有は、恥ずかしそうに目を伏せた。

シリカにそれを指摘されるのは、初めてのことではないのだ。

シリカと出会うまで、ひとりぼっちでその日を生きるのが精いっぱいだった有には、先のことを考える余裕などなかった。

近い未来にあれをしよう、これをしようと約束する相手もいなかった。

だが今はシリカがいて、日常生活の中で、小さな約束が自然に積み上がっていく。

今夜のこと、明日《あした》のこと、明後日《あさって》のこと、週末のこと、来週のこと、来月のこと、次の季節のこと……来年のこと。

時には、「いつか」のこと。

日々は、小さな約束たちによって貼り合わされ、緩やかに繋《つな》がっていく。

約束を果たすたび、有とシリカ、二人ともの心に、ささやかな思い出が増えていく。

何ということのない思い出が、忘れていた遠い昔の記憶にリンクして、心の中に豊かな、温かな場所ができていく。

今の有は、怯《おび》えながら、躊躇《ためら》いながら、それでもシリカとの「約束」を手がかりに、もう一度、人間らしい暮らしを取り戻しつつあった。

「次は、他のものも入れよう」

シリカの提案に、有は伏せていた視線を上げる。

「他のもの？　たとえば？」

シリカはちょっと考えて答えた。

「ここには、キノコがいない」

有も耐熱容器の中を覗《のぞ》き込み、同意する。

「そういえば、そうだな」

「大きなマッシュルームを入れよう。トーコが、キノコはいいスープが出るし、安くて大きくて美味《おい》しくて、ほめるところしかないって言ってた」

シリカが真似をする陶子の物言いが妙に似ていて、有の頰が僅《わず》かに緩む。

竹どころか、太い丸太を一刀両断したような性格の陶子は、シリカとはまた違う方向性で、言葉を飾ることをしない人だった。

彼女にはときにいささか頑固過ぎるところがあって、こちらも頑固な有とは衝突することもたびたびあった。

病室で病人である有と会話していることを忘れ、白熱した議論を展開して、飛んで来た看護師に二人まとめて厳しく叱られたこともある。

そんな陶子には、確固とした信念があった。

結論が出るまで議論を続ける必要は、まったくない。

ただ、同意しようとすまいと、相手の考えはしっかり聞くこと。

限界まで話し合ったら、議論を中断してお互いに十分に時間をおくこと。

やがて、地面に落ちた種が花を咲かせるように、頭に放り込んだ相手の考えから、何か頷けるものが見つかるかもしれない。

そのときは、意地を張らずに心の変化を認めて、また議論を仕切り直せばいい。

陶子は、パキパキした迷いのない口調で、よくそんなことを言っていた。

実際に、有と陶子の間には、ついに結論が出なかった議論が山のように残されている。

おそらくそれはいつの日か、有がひとりで、あるいは陶子の忘れ形見のシリカとの日々の中で、ひとつずつ落としどころを見つけていくべきものなのだろう。

「そういえば、最後にお目に掛かったときも、天河先生はマッシュルームのサラダを召し上がっていた。選んだのは僕のほうだったんだが」

「マッシュルームのサラダ！」

シリカはたちまち目を輝かせる。

「それは、どんなもの？　マッシュルームを、叩《たた》く？　それとも、ちぎる？」

「物騒だな。そうではなくて、小さなマッシュルームを紙のようにスライスして、レタスの類《たぐい》と取り合わせてあったように思う。ドレッシングも、たぶんビネガーとオリーブオイル、それに塩くらいのシンプルなものだったと」

「美味しかった？」

「それだけでは物足りないかもしれないが、みっちりしたパテと一緒だったから、美味しかったよ」

シリカはワクワクした顔で軽く身を乗り出した。

「じゃあ、それも作ろう！　今日、二つ目の約束！」

「わかった。パテはさすがに作れないから、どこかの店でテイクアウトしなくてはならないが」

「いいよ！」

シリカは勢いよく頷くと、「二つまとめて」と、小指を差し出してきた。

言葉だけでなく、アクションでも約束を取り付けたいらしい。

「そういうのは、大人には不必要では？」

有は抵抗を試みたが、シリカはきっぱりとそれを撥《は》ねつけた。

「約束に、大人も子供もないでしょ。はい、ゆびきりげんまん！」

「……うう」

やむなく、有もカトラリーを置いて、いかにもしぶしぶ、料理の皿の上に手を伸ばす。

触れただけで済ませようとした有の小指に自分の小指をグッと絡めて、シリカは元気よくぶんぶんと手を上下にふった。

「うそついたら、おっきなパン・オ・ショコラ、おーごる！」

お馴染《なじ》みの節回しで、謎の文句を歌い上げたシリカを、有は訝《いぶか》しげに眉《まゆ》をひそめて凝視する。

「今、何と？　パン・オ・ショコラ？　針千本ではなく？」

「医師として、異物を飲ませるわけにはいきませんってトーコが」

「……それはいかにも天河先生らしいが、何故、パン・オ・ショコラを？」

「わたしもトーコも大好きだから！　なおも好き？」

「おそらく、嫌いではないと」

クロワッサン生地にチョコレートを入れ込んで焼き上げたパンのビジュアルを思い浮かべながら、有は鈍く同意する。

「じゃあ、パン・オ・ショコラ！　約束したよ」

「わかった。約束は極力守るが、いざというときは、『ビゴの店』で買って、ご馳走《ちそう》するとしよう」

　恩師が死んでから、好物を知るというのも不思議なものだ。

　しかし、心の中の陶子のための場所に、またひとつ、小さなピースを放り込むことができた喜びを噛《か》みしめつつ、有は「お代わりは？」と、メインディッシュをシリカに勧めた。


食後、シリカはリビングルームの片隅に置かれたアップライトピアノを弾き始めた。

勿論《もちろん》、夜なのでサイレンサーを起動させており、有には音を聞くことができない。

そこで有は、シリカに「仕事をしてくる」と手振りで伝え、練習の邪魔をしないよう自室に引き上げた。


法医学教室に勤務していると、いやでも他人のプライバシーについて多くの情報を得ることになる。

その多くは、警察が捜査に活用するような重要なものであり、そうでなくても、完全なる個人情報である。

それゆえに、解剖にまつわる資料の持ち出しは一切禁じられていて、大学以外の場所で閲覧することは許されていない。

だから有が自宅で「仕事をする」といえば、それは文献を読むことを指す。

勉強家の有は、自分が担当した症例を深く理解するために、国内外の学会誌だけでなく、時にはまったく畑違いの分野の論文や書籍も取り寄せて読むことが多い。

今、裁判を控えている症例には、被害者が「狐憑《つ》き」になったことを理由に、加害者が継続的に暴力をふるい、死に至らしめてしまったという風変わりな背景がある。

証人として出廷し、時には判決を左右するような見解を述べるからには、馴染みのない「狐憑き」という現象について、しっかり理解しておきたい。

そう考えて、図書館の司書に相談し、民俗学の書籍を数冊借りてきた。

机に向かい、キッチンで淹《い》れてきたコーヒーを一口飲んでから、有はいちばん上に積んであった本を取り上げた。

「これは……『怪異の民俗学1』、タイトルがまさに『憑きもの』か。期待できるな」

そういえば、これが司書のイチオシだった本だと思い出しながら、有は表紙を開いた。

たとえ仕事のための読書だったとしても、知らない知識に触れることには学術的な喜びがある。

さて、腰を据えて読書を始めようかと、有が背筋をピンと伸ばしたそのとき。

机の上に無造作に置いてあったスマートホンが、電話の着信を告げた。

宮入ソウスケの事件以来、他人とのつきあいをほぼ断っていた有なので、午後九時を過ぎて、プライベートな電話をかけてくるような友人はいない。

いつものように、明日《あした》の司法解剖の予定を知らせる科捜研からの電話だろうと、有は本をいったん閉じ、ウンザリした気持ちでスマートホンを取った。

「おや」

だが、液晶画面に大きく映し出されていたのは、「科捜研」の文字ではなく「日長《ひなが》さん」という名前だった。

有は急いで通話ボタンを押し、スマートホンを耳に押し当てた。

「もしもし？」

すると、すぐにスピーカー越しに、特徴のある太いだみ声が聞こえてきた。

『おう、先生。日長や。ちょー、ご無沙汰《ぶさた》やったな。生きとるか？』

ぶっきらぼうだが、親しみのこもった声音だ。

それは、東灘《ひがしなだ》警察署の刑事、日長和也《かずや》だった。

声も大きいが、身体も大きい。学生時代はラグビーで鳴らしたという巨体と体力が自慢の、今どき珍しいほど武闘派の刑事だ。

四十を過ぎ、世間的には中年と呼ばれる年代ではあるが、まだまだ意気軒昂《いきけんこう》で、出世にはまったく興味を示さず、ひたすら現場の仕事を愛している。

いかにも彼らしいご機嫌伺いに、有もまた簡潔に答えた。

「生きている」

『そらよかった。あいつは？　えっと、あのひょろ長い……セリカ？』

「シリカだ。彼も元気でいる。あんたは？」

有は敢《あ》えて敬語を封印し、年上の日長にタメ口で語りかけた。何しろ、それは日長のたっての希望であり、彼なりの親しみの表現なのである。

『俺は、アレや。ここんとこずっと、振り回されとるわ。例の強盗事件で』

「……ああ。テレビのニュースで見た」

有は軽く眉根を寄せた。

先週、東灘署の管内で、立て続けに三件、強盗事件が発生した。

高齢者だけの所帯を狙い、深夜にひとりで住居に忍び込み、寝ていた住人を縛り上げて、いわゆるタンス預金を奪って逃げるというやり口が酷似しており、おそらくは同一犯、あるいは同一組織の犯行と考えられる……と、ニュースキャスターは言っていた。

『殺しがないから、先生んとこには行かへんかったけど、こっちはてんやわんやで。同じようにタンス預金をたんまり持っとる年寄りは多いからな。パトロール増やしてくれ～言うて電話がじゃんじゃんかかってきよるわ』

「それは……なんとも」

『ああ、先生んとこの件も忘れてへんからな。そっちは今んとこ悲しいほど進展がないんやけど、何ぞあったら必ず知らせる』

そう言った日長は、有が何か言うより先に、言葉を継いだ。

『それより、例の件やねんけどな』

有は言いかけた言葉を呑《の》み込み、ああ、と短く応じた。

立場も性格も違う日長と有だが、二人には奇妙な因縁がある。

実は、宮入ソウスケの事件を担当した刑事のひとりが、日長だった。

二人の初対面は解剖室ではなく、実は取り調べ室だったのである。

以来、日長は、「罪から逃げてのうのうと生きている人殺し」として有のことをずっと軽蔑《けいべつ》し、嫌悪してきた。

しかし、法医学教室で再会し、否応《いやおう》なく仕事を共にするうちに、有の苦悩や、法医学教室を職場に選んだ理由などを知り、日長は態度を和らげた。

今は、刑事と鑑定医として、互いに敬意を持って接している。

そして……実は、二人は共通の秘密を持つ仲でもある。

東灘署で、日長が担当刑事のひとりだった、とある症例があった。

当初、焼死だと予想されていた死因が、有の司法解剖により、拳銃《けんじゅう》により銃撃され、胸部に致命傷を受けた後、住居に放火された疑いが強まったのである。

それ自体はさほど珍しいやり口ではないのだが、あまりにも手際がいいことに「刑事のカン」が働いた日長は、見てくれに似合わない緻密《ちみつ》さで警察のデータベースを漁《あさ》り、極めて似た手口、しかも同じタイプの拳銃が犯行に用いられた殺人事件が関西で三件、これまでに発生していることを突き止めた。

だが、日長がそれ以上深入りすることを、何故か彼の上司は酷《ひど》く嫌がった。

そこで日長は、自分ひとりで事件を追うことを決め、有に助力を仰いだのである。

「何か、新しい情報が出たのか？」

有は緊張と期待を込めて低く問いかけたが、日長が唸《うな》るような声で応じた。

『いんや。目の前の仕事で今はいっぱいいっぱいでな。先生に助けを求めといてアレやけど、しばらくそっちはお留守になりそうやっちゅう詫《わ》びの電話や』

「……ああ。それは仕方がない」

『お遊びとは死んでも言わんけど、上司から正式にやれて命じられた捜査やないからな。むしろ、手ェ引けて厳しゅう命じられた案件やから、やっぱし、日常業務の妨げにならんようにやらんと、筋が通らん。そこはわかってくれ……と言うた上でや』

いったん言葉を切ってから、日長はスピーカーの向こうの苦笑いが容易《たやす》く想像できる口調で、有に問いかけてきた。

『先生のほうはどないや？　あのラムネ』

「それが」

今度は、有が気まずそうな声を出す番だった。

日長がピックアップしてきた、「銃撃後放火」の三症例のうち、大阪府下の一件で、被害者がみずからの身体の下に入れこんで炎から守ったポーチが、所持品として所轄署に残されていた。

日長からそれを託された有があらためたところ、中からは謎めいた「ラムネ」が出てきた。

樹脂製の容器に詰まった、昭和の時代から連綿と町工場で作り続けられてきた懐かしい駄菓子である。

ところが、水色のラムネの中に、普通の目を持つ人間には見分けられないほど、ほんの少し色の違う粒が混入していることを、偶然それを目にしたシリカが指摘した。

身体能力が優れているだけでなく、シリカは、色彩を感じるための視覚センサーまでもが特殊であるらしい。

有は、日長の「協力者」として、そのラムネの分析を秘密裡《ひみつり》に請け負った。とはいえ、有自身は薬物分析は専門ではないし、N医大法医学教室にも、分析機器が十分にあるとは言い難い。

そこで彼が分析を依頼したのは、N医大で同期生だった真壁《まかべ》みかげだった。三週間前、虎目教授の指示で有が訪問した京都市のU大学薬学部に、みかげが勤務していたのだ。

かつて医学部の空気に馴染《なじ》めず、あっさり退学してしまった彼女は、将来的に、漢方薬局を営む父の跡を継ぐため、薬学部に入学し直したらしい。

有の身勝手な頼みを、みかげは、「仕事の合間、落ちついて取り組める時間がとれたときに」という条件つきで快く引き受けて、ラムネを預かってくれた。

日長が知りたいのは、その分析結果に違いない。

だが、有は重い口調で、みかげのかわりに弁解した。

「すまない。彼女も日々の業務が忙しいらしい。一度は取りかかれそうだと連絡があったんだが、その後、かなり手のかかる薬物鑑定の仕事が舞い込んだそうだ」

『あー、そらしゃーない。それぞれ、忙しい上に人もおらん職場ばっかしやからな』

「ああ。無理な頼みをしたので、こちらから催促するのは気が引ける」

日長は落胆を隠さず、それでも根気強い刑事らしく、こう続けた。

『そらそうや。気ぃ悪うして、分析してもらえんようになるほうが怖い。短気を起こしてもしゃーない。大人しゅう待とうや。ほな、くれぐれも気ぃつけて。俺からも連絡入れるけど、先生も何かあったら頼むで』

「わかった」

最後の「た」を言い終える前に、もう通話は切れていた。

「相変わらず、せっかちだな。まだ『会社』だろうか。多忙と言いつつ、刑事のカンに引っかかった事件のことは、絶対に忘れないんだな」

警察の人間は、自分たちの職場、つまり警察署のことを「会社」と呼ぶ。

みずからが警察官であることを吹聴《ふいちょう》しても犯罪者に警戒されるだけなので、むしろ素性を伏せ、一般人のように振る舞う訓練の一環なのかもしれない。

法医学教室にいると、どうしても警察官と接する機会が多い。彼ら独特の専門用語にしょっちゅう触れるうちに、有自身もそこそこ詳しくなってしまった。

「まあいい。今はとにかく本を読もう」

色々と気がかりなことは尽きないが、協力を求めてきた日長がろくに動けない以上、有がひとりであれこれ気に病んでも仕方がない。

そう割り切って、有は本を広げ、「狐憑《つ》き」の勉強に没頭していった……。

2

「……難しいな」

そんな独り言が、有の薄い唇から漏れる。

「まさか、『憑きもの』が、こんなに複雑なものだとは。同じテーマで何冊も本が出ているんだから、推して知るべしではあったが」

これまで、あまり民俗学やスピリチュアルなものには興味を持たずに生きてきた有だが、法医学の分野で仕事をしていると、そうした知識なしには解釈できない理由で生じる殺人事件が確実にある。

無論、事件を捜査するのは警察の仕事で、法医学者は遺体を検案するのが本分ではあるが、それでも、目の前の人物が死に至った背景を適切に理解することができれば、検案で得られる情報量やその信頼性を向上させてくれるに違いない。

「人体の構造・機能を知ることと同様、人間のさまざまな暮らしぶりを知ることは、法医学、いや、医学の第一歩だ。自分や周囲の人々の生活だけが『当たり前』だと思っていたら、見えないこと、見逃すことがたくさんある」

有の上司である虎目実郎教授も、毎年、法医学の講義の第一回に、学生たちに向けてそんなメッセージを伝えている。

（やはり、専門外だ、時間がないなどと言い訳をしていてはいけないな。これに限らず、社会のあらゆることに興味を持っておかないと、鑑定医として十分な仕事ができるようにはなれない気がしてきた）

有は、読みかけのページに栞《しおり》を挟むと、本をぱたりと閉じた。

憑きものとひとことで言っても、地域差があり、それぞれに歴史的な経緯があり、コミュニティにおける因習や複雑な人間関係があり、人に「憑く」動物にもかなりのバリエーションがある。

さらに、学者によっても解釈はかなり異なるようだ。

これは、本を二、三冊読んだ程度ではとうてい理解しきれるものではないと悟った有は、焦らず、じっくり腰を据えて学習を続けることにした。

とりあえず、時刻はもう午後十一時を過ぎている。今夜のところは、そろそろ切り上げるほうがいいだろう。

（そういえば、シリカが「おやすみ」を言いにこなかったな。まさか、まだピアノを弾いているわけではないだろうに）

人間としての作法はすべて陶子に教わったというシリカは、とりわけテーブルマナーと挨拶《あいさつ》を厳しく躾《しつ》けられたようだ。

といっても、テーブルマナーについては、「共に食事をする人に不快な思いをさせないことが大事。手づかみでもいいけれど、その場合は清潔な手で、みんなが驚くほどエレガントに召し上がれ。それが難しいなら、カトラリーの助けを借りなさい」という陶子独特の価値観による指導だったらしい。

かたや、挨拶についてはもっとシンプルに、「挨拶されて不愉快になる人は滅多にいないのだから、元気よく、惜しまずなさい」と言われたらしく、確かにシリカは毎日、元気な挨拶を欠かさない。

おやすみの挨拶を怠ったことはこれまで一度もないので、あるいは、部屋に籠《こ》もって仕事中の自分を気遣ってくれたのかもしれないと思いながら、有は席を立ち、パジャマに着替え始めた。

そのとき、コンコンコンッ！　といささか勢いがよすぎるノックが聞こえた。

誰かは考えるまでもない。有は、ほぼ反射的に「どうぞ」と声を掛けていた。

果たして、大きく扉を開けて入ってきたのは、シリカだった。既にパジャマ姿で裸足《はだし》、しかも愛用の大きな枕を抱えている。

「仕事、終わった？　わたし、今夜はなおと寝るよ」

「………」

有は、無言でポロシャツを脱ぎ、パジャマの上着に袖《そで》を通した。

シリカから、おやすみの挨拶の代わりにその宣言を聞かされるのが何度目か、有は数えることをとうに諦《あきら》めている。

同居を始めて三ヶ月ほど経ったある日、有の職場であるN医大法医学教室を訪れたシリカが実験室内の低温室に入ったとき、突然、酷《ひど》いパニック状態に陥ったことがあった。

その事件がきっかけで、シリカがかつて、劣悪な環境に置かれ、極めて狭い部屋に幽閉されていたらしきことがわかった。

だが、それより何より有を困惑させたのは、過去のつらい記憶がフラッシュバックして強い不安を覚えたシリカが、夜、有の寝床に潜り込んだことだった。

誰かと同衾《どうきん》した経験などほとんどない有にとっては、それは驚愕《きょうがく》に値する出来事だった。通常であれば、断固として拒否したはずだ。

有は、シリカのパニック発作を再発させたくない一心で、その夜だけはと彼の望みを受け入れたのである。

ところがシリカのほうは、有の隣で眠ることが大いに気に入ったらしく、あれ以来、ときどき今のように枕を抱えてやってくる。

現在、シリカの精神状態はすっかり安定しているので、きっぱり断ってもいいはずなのだが、有には、それを躊躇《ためら》う事情が二つあった。

ひとつは、やはり灯《あか》りを消し、互いの表情がハッキリ見えない状態で近くにいると、自然と心のガードが緩むことだ。

有自身も、自分の気持ちを普段よりは正直に口にすることができるし、何より、シリカが自分の過去について重い口を開くチャンスが、寝床の中ではより多く訪れる。

もっとも、酷い待遇を受けていた頃のことは、シリカとて積極的には思い出したくないようで、ほとんど語ってくれない。陶子に引き取られ、人間らしい暮らしを始めてからの話のほうが遥《はる》かに多いのだが、それはそれで、自分が知らない陶子の一面を知ることができて、有にとっては嬉《うれ》しい収穫だ。

相互理解を深めるため、特に謎の多いシリカのことを少しでも知るために、同じ寝床で語り合う短いひとときが、少しなりと役に立っているのである。

もう一つの理由は、いささか物騒だ。

実は三週間前のある夜、有の自宅に泥棒が入った。

いや、泥棒かどうかは判然としないので、賊と呼ぶべきかもしれない。

幸か不幸か、賊が忍び込んだのは、二人が外食している間のことだった。

しかし、帰宅したとき、賊はまだ家の中にいた。そして、例の鋭敏な聴覚でいち早くそれを察知したシリカは、驚く有をよそに素速く家に飛び込み、賊を捕らえようとした。

しかし、賊もまたシリカに負けず劣らずの身体能力の持ち主だったのか、あるいは経験がものを言ったのか、結局、まんまと逃げられてしまった。

呆然《ぼうぜん》としながら家に入った有は、再び度肝を抜かれて立ち尽くした。

家じゅうが、竜巻にでも見舞われたように滅茶苦茶《めちゃくちゃ》にされていたのである。

あらゆる家具や家電が引っ繰り返され、マットレスやクッションは切り裂かれ、引き出しが開けられ、祖父の絵画すら、額から取り外されて床に打ち棄てられていた。

あまりの惨状に、駆けつけてくれた警察官たちも唖然《あぜん》としたほどの激しさと徹底ぶりであった。

幸か不幸か、家の中にあった僅《わず》かな金銭は一切盗まれておらず、売ればそれなりの値がつくような物品も、ただ引っ繰り返されただけで、おそらく何もなくなってはいない。

どうも、物盗り目的ではないようだ、というのが、現場検証後に警察が有に告げたことだった。

むしろ、有が法医学教室に所属する鑑定医で、裁判において証人として出廷する機会が多いせいで、誰かから想定外の恨みを買ったのではないか。

あるいは、宮入ソウスケの一件で、まだ有を恨んでいる熱烈なファンがいて、一部が行き過ぎた行動に出たのではないか。

警察はどうやら、そちらの可能性を重視しているようだ。

確かに数ヶ月前、有はそうした過激なファンのひとりに襲撃され、危ういところをシリカと日長に救われた。

その二つの可能性のいずれも、有には明確に否定することができない。

先刻の電話で、日長がサラリと言及したのは、この一件のことだった。無骨な彼なりに、事件のことを詳細に蒸し返して有を不安にさせないよう、気を遣ったのだろう。

捜査は相変わらず続いているが、犯人が見つかる目処《めど》はまだ立っていないようだ。

狙われたのが有だという可能性を考慮するとしばらくは警戒が必要だということで、事件以来、一日に何度か、警察官が自宅の近隣をパトロールしてくれている。

有のほうも、自衛のために思いきってホームセキュリティシステムを導入してみたが、どこまで効果があるかはまだわからない。

そんな事情もあって、ある意味、別々の部屋で眠るよりは、こうして共にいたほうがお互いにより安全かもしれない。

複合的な理由が、有に、シリカの「お泊まり」を諾々と許容させているのである。

「……構わないが、歯を磨いてくるから待っていてくれ」

「いいよ！」

機嫌よく返事をして、シリカは勝手知ったる何とやらで、躊躇いなく有のベッドに上がる。

有の部屋のベッドは、亡き祖父が愛用していたものだ。例の賊にマットレスを切り裂かれ、やむなく新調する羽目になったとき、セミダブルにしては大きめの規格であることを知った。

とはいえ、成人男性が二人で寝るには、いささか窮屈であることは否めない。

（いっそダブルベッドに買い換え……いや、さすがにそれはやり過ぎだ）

丁寧に歯磨きをしながら、有は自分自身に呆《あき》れ顔になった。

シリカのマイペースぶりと押しの強さにつられ、巻き込まれ、いつの間にか慣れてしまっている自分に、ちょっと可笑《おか》しくもなってくる。

（僕がもっとしっかりしなくては。シリカには、天河先生からお預かりした責任があるんだぞ）

自分を窘《たしな》めながら有が戻ってくると、シリカは勝手に自分の定位置と決めた、ベッドの壁に近い側で夏布団の下におさまり、ニコニコして待っていた。

「なおのベッドは、広くていいね。わたしのベッドもこれくらい大きければ、なおをお返しにごしょうたい、するのに」

「ご招待」

いささかたどたどしくシリカが口にした言葉が面白くて、有は小さく復唱しながら灯りを消した。

代わりに足元の常夜灯だけを点《つ》けて、自分もベッドに入る。

「丁寧語も使いこなすようになったか。僕と暮らし始めてから、君はどんどん語彙《ごい》を増やしているな。話し方も、いつの間にかずいぶんスムーズになった」

「ごい？」

「言葉をたくさん覚えた、ということだよ」

褒められたのだと気づいて、シリカは笑みを深くする。

「うん。言葉をたくさん知っていたら、わたしの気持ちにぴったりな言葉を探すのが簡単になる。相手の気持ちを知るための言葉も、ちゃんとわかるようになる。だから、テレビや本で勉強しているよ」

「それも、天河先生が仰《おっしゃ》ったことか？」

「うん」

シリカにとって、陶子は養母であり、たったひとりの教師でもあった。陶子がシリカに教えたことは、シリカを通じて、有をも導いてくれるようだ。

そんな感慨を胸に、有は今夜もシリカの過去に切り込む挑戦を始めた。

「君は、天河先生に出会うまで、ほぼ喋《しゃべ》ることがなかったと言っていたな」

シリカと僅かな距離を空けて横たわりながら有が問いかけると、シリカは枕に頭を預け、うん、と子供のようにコックリうなずいた。

「あそこでは、誰も、わたしの声なんてほしくなかった。わたしの気持ちなんて、気にする人はいなかった。みんな、わたしが黙っていたほうがよかったんだ。だから」

有は起きているときはこれなしでは過ごせない眼鏡を外し、手を伸ばしてサイドテーブルに置きながら、注意深く探りを入れた。

「君がずいぶん非人道的な扱いを受けていたらしい『あそこ』というのは、前に君が言っていた、『窓がなくて、小さくてジメジメした、嫌な臭いがする寒い部屋』がある場所だな？」

「うん」

「君はそこに閉じこめられて、何か『仕事』をさせられていた。拒めば飲食を許されなかった……そう言っていたね。聞くだに、ずいぶんつらい日々だったと思う」

「どうかな。あの頃は、そんなこと、考えなかった。それが、当たり前だったから」

この話題になると、シリカは途端に口数が少なくなる。極限まで短くなった返答にも、いつもの漲《みなぎ》るような生気がない。

「君がそんな生活をしていたのはどこで、君を虐待して、酷《ひど》い環境で働かせていたのは、誰なんだ？　みんな、ということは複数人がそこにはいたんだな？」

できるだけリラックスした雰囲気のまま、静かに問いかけた有に対して、シリカは「さあ」とやはり短く答えた。

素っ気ない返答に、有の眉《まゆ》が曇る。

「どうしても、思い出せないか？　それとも、思い出したくない、あるいは、僕には話したくないか？　僕以外で、君が打ち明けてもいいと思う人がいるなら……」

暗がりにようやく目が慣れてきた有の視界で、シリカは少し寂しそうに微笑んだ。

「わたしが知っているのは、あの部屋の中だけ。外がどんなか、わたしは知らなかった。今も知らないまま」

「……なる、ほど」

「誰もわたしに名乗ってはくれなかったから、誰かも知らない。男もいた。女もいた。年寄りも若いのもいた。肌の色も、髪の色も、色々だった。でも、誰もトーコやなおみたいに、わたしに笑いかけてはくれなかった。目を合わせてもくれなかったな。みんながわたしを見るのは、わたしに命令するとき、わたしを殴るとき、それだけ」

「……命令？　それは、彼らが君にさせたという『仕事』についての？」

声はなかったが、衣《きぬ》ずれの音で、シリカが頷《うなず》いたことがわかる。

「だったら教えてくれ。その『仕事』は、いったいどんなものだったんだ？　君自身が手がけたことだ。それなら答えられるんじゃないか？」

この質問を投げかける回数も、もうそろそろ二桁《けた》になりそうだ。

方向性を変えたり、問いかけの強さを変えたりしながら有は問いかけを重ねてきたが、まだ一度も、シリカは明確に答えてくれない。

今夜も、シリカは本格的に黙り込んだ。硬い表情で、唇を真っ直ぐ引き結んでいるその顔を見れば、彼の心のガードの堅さが窺《うかが》える。

（やはり、駄目か。どうしても知っておきたい過去ではあるが、シリカにとってはつらい記憶だ。精神医学のプロではない僕が、不用意に土足で踏み込むのはよくないんだろうな。彼のトラウマが再燃したとき、対応しきれない可能性がある）

有は、心の中で嘆息した。

本来ならば、精神科医やカウンセラーの助力を仰ぎたいところだが、シリカの場合、身体にも経歴にも不明なことが多すぎて、他人を巻き込むことが躊躇《ためら》われる。

彼を有に託した陶子も、そういう大っぴらなやり方は望んでいなかっただろう。

（こうして幾度も同じ質問を投げかけてあっさり引くことで、シリカに慣れてもらうの

が今はいちばんいいだろうか。根気強くアプローチするくらいしか、僕にはできそうにないんだが）

思いを巡らせながら、有はシリカの様子を観察した。

相も変わらずの硬い表情で、シリカは沈黙を守っている。どうやら、今夜も彼の過去についてはこれ以上話してもらえないようだ。

諦《あきら》めて眠るか、と、有は「もう寝よう。おやすみ」と声を掛けた。

すぐ近くで、シリカが短く息を吐いたのがわかった。どうやら、質問する有と同様、返答を拒否する側のシリカも、それなりに緊張していたらしい。

「おやすみ、なお」

安心した声音でそう言って、シリカは布団を顎《あご》まで引き上げる。

有も、やはり強く告白を要求しなくてよかったと自分自身に言い聞かせながら、明日《あした》の勤務のために眠ろうとした。

ところが、有があともう少しでコトリと眠りに落ちそうだという、そのとき。

「なお」

子猫が親猫を呼ぶときのような小さな呼びかけに、エジプトのミイラもかくやというくらいきっちりした仰向けの姿勢で横たわっていた有は、薄目を開け、視線だけを動かしてシリカを見た。

シリカは頭を枕に預けたまま、大きな目を開いて、有をじっと見ていた。とても、すぐに眠りそうな雰囲気ではない。

もしや、少しなりと先刻の質問の答えを得られるのかと思うと、有の睡魔も少し後ずさる。

「どうした？」

有が問いかけると、シリカは探るように問い返してきた。

「わたしも、ちょっとだけ質問、してもいい？」

「質問？　僕に？」

どうやら、さっきの話の続きではないようだ。今夜何度目かの落胆を味わいつつも、確かに自分だけが質問する立場では不公平だ。

「もう寝たほうがいいんだが」

「ちょっとだけ」

一応、渋ってみたが、シリカが引き下がる気配はない。

「少しだけなら」

有は仕方なく、身体を少しシリカのほうへ傾けた。シリカのほうは、嬉《うれ》しそうに身体ごと有のほうを向き、片手で頭を支える。

「何か、悩み事でもあるのか？」

少し心配になって有が問いかけると、シリカは「ううん」と即座に否定した。

「今日ね、ミホ先生のところに行ってきたんだ」

シリカの言葉に、有は軽く眉を上げた。

「ああ、そうか。今日はピアノ教室の日だったか」

「うん」

さっきまでと打って変わって、シリカは楽しげな笑顔で頷く。

実は同居を始めてからずっと、有はシリカの日中の行動を案じていた。

陶子とは、特に彼女の晩年はほぼ終日共に過ごしていたようだが、有はそうはいかない。

鑑定医の仕事に、完全な休日はほぼ存在しない。

一応、緊急を要する重大事件でない限り、司法解剖は週末を避けるという配慮はしてもらえるものの、それでも休日の午後一時までは、基本的に自宅待機という原則がある。

平日は朝から晩まで法医学教室に勤務しているし、医師である虎目と有には基本的に勤務時間というものが設定されていないので、司法解剖や会議、学会準備などで、否応《いやおう》なく帰宅が遅くなる日が少なくない。

年齢こそ成人に達しているものの、生活能力がお世辞にも高いとはいえないシリカを長時間ひとりにすることに、当初、有は大きな不安を抱いていた。

しかしシリカは、意外と家の中で楽しみを見つける性格だったらしく、インターネットで配信される番組や、有が所持している書籍を片っ端から楽しんでいるようだ。

さらに、晩年、寝こみがちになった陶子に代わって家事もこなしていたらしく、誓って有が頼んだわけではないのだが、掃除や洗濯、はては庭の手入れまで、大いに楽しんで引き受けてくれている。

　そんなシリカが特に興味を示したのは、リビングにずっと放置されていた、古いアップライトピアノだった。

　亡き祖母が嫁入り道具として持ってきたそれは、彼女の死後、誰にも触れられることなく放置されたままだった。当然、弦はさび付き、内部は黴《か》び、鍵盤《けんばん》はまともに動かないという酷い状態に陥っていた。

　有は、ピアノを弾きたがるシリカのために専門業者にメンテナンスと調律を依頼し、躊躇いながらもシリカを連れて、ピアノ教室を訪れた。

　音楽に親しむことで、シリカのひとりぼっちの時間を充実させられるなら素晴らしいことだし、何より、「趣味」と呼べるものをシリカに持ってほしいと有は願ったのだ。

　自宅の最寄り駅近くにある楽器会社経営のピアノ教室には、幸い、様々な特性を持つ子供たちの情操教育の一環としてピアノレッスンに取り組む講師がひとりいて、彼女が快くシリカの担当を引き受けてくれた。

　初回は有に付き添われ、借りてきた猫のように固まっていたシリカも、今ではその講師と打ち解け、楽しく通っているようだ。

「さっきも熱心に弾いていたな。音が聞こえなくて残念だった。今は、何を練習しているんだ？」

　本来知りたかったことではないにせよ、シリカがひとりでいるときの行動も、できる範囲で把握しておきたい。有は、がぜん興味をそそられて訊《たず》ねてみた。

　するとシリカは、すぐに両手を布団から出し、踊るような生き生きした動きで、目に見えない鍵盤を弾いてみせた。

「ええとね、ぱらららら、とか、ぱらぱらぱらら……っていうのをいろいろ。あ、そうだ。スケールっていうんだって。それで指をほぐしてから練習するのが、『愛の夢』って曲」

　クラシック音楽にさほど興味がなくても知っている有名な曲名に、有は軽く眉《まゆ》をひそめた。

「それは、フランツ・リストの？　僕はピアノが弾けなくて、プロの演奏を聴いたことしかないが、なかなかの難曲なんじゃないか？　数ヶ月のレッスンで弾けるようになるとは思えない。もっとこう……バイエルとか、そういうものをまずやるのでは？」

　するとシリカは、真面目な顔になって同意する。

「バイエル！　それもやるけど、もっと楽しいのがいいって、わたしが言ったんだ。そうしたら、ミホ先生が、『じゃあ、ちょっと頑張ってみましょうか』って言って、選んでくれたんだよ」

「とはいえ、頑張ってどうにかなるものなのか？」

　さすがに不安になって有が追及すると、シリカはあっさりこう言った。

「最初にミホ先生がお手本に弾いてくれたのは、すんごく難しそうだった。両手が、魔法みたいに動いてたよ」

「だろうな」

「でも、今、わたしがおけいこしてるのは、簡単なやつ。音符が、うーんと少ないし、曲も短いって先生が言ってた」

「なるほど。難しい名曲を、初心者でも楽しめるように編曲した楽譜があるのか。ああ、ええと、アレンジした、という意味だ」

うっかり難しい言葉を使うと、シリカはたちまちキョトンとする。有のほうも、シリカがわからない言葉を使ってしまったとき、すぐに平易に言い換えることにずいぶん慣れた。

「うん。それでもわたしにはまだ、右手か左手、どっちかしか弾けないんだ。かたっぽの手のぶんは、ミホ先生がおとなりで弾いてくれる。お手本よりずーっとゆっくり。ふたり分の音を合わせると、凄《すご》くきれいに響くんだよ。楽しい！」

「君は楽しいだろうが、君に合わせて弾く先生は、かなり大変そうだな」

プロの技術に感服しながら有がそう言うと、シリカは声をますます弾ませた。

「まちがえても、ミホ先生はいいのよって言ってくれるんだ。何度でも気がすむまでやりなおしていいのよ、でも、やめたくなったらやめてもいいの。いやいややってはいけません。楽しく頑張りましょうって。トーコ以外に、そんなこと言ってくれる人、いるんだなあってビックリした」

「うん？」

「だって『仕事』のときは、『しくじったら殺す、やめたら殺す』って言われてたから。トーコやミホ先生とは、全然ちがった。まちがえてもいいのほうが、全然いいよ」

突然、シリカのほうからサラリと過去に言及されて、有の眠気は瞬時に吹っ飛んだ。

思わず枕から頭を浮かせて、有は追及を試みる。

「そんな脅迫を受けていたのか。『しくじったら殺す、やめたら殺す』？　尋常ではないぞ。その『仕事』というのも、君にそれをさせていた連中というのも」

だがシリカは、有が言い終える前に、別の質問で有の度肝を抜いた。

「ねえ、なお。なおは、愛、したことある？」

うっかり息を詰めてしまった有の喉《のど》から、ぐうっと奇妙な音がする。

「な……なんだ、藪《やぶ》から棒に」

「やぶ？　棒？」

「ああいや、急にどうした、と訊《き》きたかったんだ」

あからさまに動揺する有を不思議そうに見やり、シリカは説明した。

「ミホ先生がね、『愛の夢』の愛には色んな意味があるのよって。れんあい、でもいいし、おやこあい、でもいいし、じんるいあい、でもいいしって」

「……あ、ああ？」

自分でもゲンナリするくらい上擦った声で、有はどうにか相づちを打つ。シリカは、生真面目な口調で質問を繰り返した。

「どんな愛でもいいから、それについて考えながら練習してみて。音に、愛をこめてみてって言われたんだけど、わたしには、愛ってよくわからない。有は、愛、したことある？」

「そういうことか。いきなり、中野君がよく言うところの恋バナを振られたのかと思った」

「こいばな？」

「……なんでもない」

有はまだバクバクする心臓の上あたりを片手で撫《な》でて落ちつかせようと努めながら、必死で言葉を探した。

「恋愛については、すまない、君に偉そうに語れるほどの経験は、残念ながら持ちあわせていない。だが、愛は……広く愛情という意味ならば、これまでの人生で、色々な人に貰《もら》ったと思う」

「たとえば、誰に？」

「父や母、祖父母、親戚《しんせき》……。子供の頃は、周囲の大人たちに愛情をもらって、見守ってもらって育ったはずだ。自覚はなかったが」

「ふうん。今は？」

「今は……」

たちまち浮かんだ懐かしい面影に、有は胸が詰まる思いでその名を口にした。

「今は、今も、天河先生にいただいた愛情に支えられて、僕は生きているようなものだ。先生は職務として……ええと、仕事として僕にかかわってくれたが、それ以上のものをいつも感じていた。あれは師としての愛情だと、僕は信じている。虎目先生にも、上司としての愛情を日々いただいていると感じるよ」

「ホントだ。色んな人に、愛、もらってるんだね、なお」

「ああ。改めて考えると、ありがたいことだな」

有がしみじみと同意すると、シリカは有のほうに軽く顔を近づけた。

「じゃあ、なおにはわかるんだよね。愛って、どんなもの？」

素朴過ぎる質問に、有は閉口して思わず天井を仰いだ。

「どんなものって。君だって、天河先生から愛情を貰っただろう。たとえ言葉にできなくても、それがどんなものか、知っているはずだ」

シリカは大真面目な面持ちでしばらく考えて、こう言った。

「トーコが、わたしを大事にしてくれたことはわかっている」

シリカは形のいい眉をギュッとひそめて、うーんと唸《うな》った。

「でも、トーコは色々したよ？　どれが愛？」

「色々？」

「わたしをほめることもあったし、それは駄目よって言うこともあったし、ギュッと抱き締めてくれることもあったし、『そこに座りなさい』って怒ることもあった。指でおでこをピーンってされたこともあった。それから……そうだ、私の頭をなでながら、どうしてだか泣いていることもあった」

有はただ黙って先を促す。シリカは、そこに陶子がいるかのように、闇を透かすような眼差《まなざ》しで思い出を辿《たど》った。

「毎日一緒にごはんを食べたし、あちこちに行った。散歩をしたり、本を読んだり、絵を描いたり。トーコはわたしの髪の毛を切ってくれたし、わたしも、トーコの髪の毛を切ったことがある。でも、前だけ。あとは絶対だめよって」

「ふふ。そういえば先生は、前髪が鬱陶《うっとう》しいから自分で切って大失敗したと、大変な髪型で病室にお見えになったことがあったな」

有も懐かしい記憶を呼び覚まされて、元気だった頃の陶子との思い出を久しぶりに思い出す。シリカは、なおも話を続けた。

「それから……そうだ。トーコ、素敵な靴を選んでちょうだいってわたしに頼むこともあったし、ネックレスをつけてとか、背中のファスナーを上げてって言うこともあったっけ。しじゅうから……」

「シジュウカラ？　鳥がどうかしたか？」

「しじゅうからは、鳥？　じゃあ違うな。えっと、トーコが言ってたのは、としを取ると、痛くて腕があんまりあがらなくなるって」

「それは、シジュウカラじゃない。四十肩だ、たぶん」

苦々しそうにそれを打ち明ける陶子の顰《しか》めっ面《つら》がありありと脳裏に浮かんで、有は小さく噴き出してしまった。

「しじゅうかた？」

「先生の仰《おっしゃ》るとおりだ。歳を取ると、関節に問題が出てくることがあるんだよ。腕が上げにくいときは、君の存在がありがたかっただろうな」

シリカは得意げに頷《うなず》く。

「あなたがいてくれてよかったわって言ってた。あ、そうだ。あと、わたしの靴下の穴を、素敵な色糸をたくさん使ってふさいでくれたよ。あんまり上手じゃなくて、はいたら足の裏がゴロゴロしたけど。きれいだから、今も持ってる。今度、なおにも見せてあげるね。わたしの宝物だよ」

「確かに、『色々した』んだな」

シリカがシンプルな表現で語る二人の日々は、まさに細やかな愛情に満ちている。

それをシリカが理解していないことを痛ましく感じながら、有は思いを込めて簡潔に告げた。

「そのすべてが、きっと愛だ」

「ぜんぶ？　怒られるのも、泣くのも、笑うのも、全部一緒？」

有は頷き、一生懸命に、自分の認識を正しく表現するための言葉を探しながら答えた。

「誰かに、いや、何かにでもいいと思う。とにかく、自分自身も含めて、心を寄せることを、広い意味で愛と呼ぶんじゃないだろうか」

「心を、寄せる」

有の言葉を噛《か》み砕くように、シリカはゆっくりと何度か繰り返す。

有も、考えながら言葉を足した。

「心を寄せるというのは、おそらく、さっき君が言った、『大事にしたい』と思うことだ。それがきっと愛なんじゃないかと、僕は思う。褒めるのも叱るのも世話を焼くのも、相手を大事に思うから……だろう？　愛がないなら、そもそもかかわろうとは思わないはずだ。上手《うま》く言えないが」

「そうか！」

シリカは、パッと花が咲くような笑顔になった。

「じゃあ、トーコはわたしに愛で、わたしもトーコに愛だ。わたしからなおにも愛だ！」

「……僕にも？」

「わたしは、なおが大事だよ。だから、愛だ！　そうでしょ？」

あまりにもてらいのない言葉に、大人になってからは……特に宮入ソウスケの一件以来、そんな風に他人からそこまで大っぴらかつストレートな好感を向けられる機会がなかった有は、むしろ面食らって目をパチパチさせるばかりだ。

「そ……それは、どうも」

何とも間の抜けたリアクションしかできない自分に、有は臍《ほぞ》をかむ。

せめて感謝の言葉くらい口にすればいいのに、それすら決まり悪く、気恥ずかしくて言葉にできない。

シリカは、そんな有の困惑顔を暗がりで覗《のぞ》き込んだ。

常夜灯の弱々しい光に、シリカのオパールの虹彩《こうさい》が深いブルーを帯びて見える。

「なおは？」

「僕？」

「なおは、わたしに愛？」

どうもシリカの愛の使い方は文法的には微妙なのだが、言いたいこと、そして彼が知りたいことは有にも十分に伝わる。

「君に対して、愛情があるかどうかということか。愛情……愛情か」

「ないの？」

言い淀《よど》む有に、シリカは不安そうな顔つきになる。有は慌てて首を横に振った。

「いや。最初こそ天河先生に託されたからという義務感で君を引き受けたが、今は」

「今は？　今は愛？」

畳みかけるように、シリカは問い詰めてくる。今こそ、ここが暗い部屋でよかったと有は心底思った。

あるいは目のいいシリカには、有の表情が昼間と同じくらい鮮明に見えているのかもしれないが、その疑念を勘定に入れてもなお、有は、この暗がりに幾分は守られていると感じることができる。

引っ込み思案な有が心の内を素直に口にするには、暗さという後押しが必要なのだ。

「今は、この家に君がいてくれて嬉《うれ》しいと思う気持ちが、確かにある。僕の毎日は、君が来てから、明るくなった」

「なお、今、わたしがいて、嬉しいって言ったね」

「ああ、言った」

「わたしが、大事？」

「大事だな。君は大事な同居人で、しかもこれまで二度、僕の命を救ってくれた。宮入ソウスケのファンにストーキングされて襲われたときも、この家に賊が入ったときも、君が身体を張ってくれた」

「それは、わたしがなおを大事だからだよ？」

「……ありがとう。ただ僕は、そんな風に君を危険に晒《さら》したいとはまったく思わない。それはわかっていてくれ。君は、天河先生からの大切な預かりものだから」

「うん。それは、わかってる」

「しょげないでくれ。そんな風に僕を大事に思ってくれたことには、とても感謝している。でも、僕も君を大事に思うからこそ、君に傷ついて欲しくない」

「じゃあ、やっぱり愛だよね？」

シリカは熱心に言質を取ろうとする。いや、単純に、ようやく愛の概念を理解したので、それを有からも得たいと思っているのだろうか。

「愛……そうだな。なんともむず痒《がゆ》いが、これもまた愛情、なんだろうな」

ついにその言葉を有から引き出して、シリカは大満足の笑みで大きく頷いた。

「やった！　わたしはなおに愛だし、なおはわたしに愛だ。わたしは愛を知ってる！『愛の夢』、トーコとなおのことを考えながら弾くよ。そうしたら、さっきよりうまく弾ける気がする」

「……そうか」

「ミホ先生にもそう言う！」

とんでもないことを言い出したシリカを、有は慌てて止めようとした。

「いや、そこは天河先生の話だけにしておいてくれ」

「だって、なおにも愛なのに」

「頼むから僕の話はなしにしてほしい。どうにも恥ずかしい」

食い下がるシリカに、有は彼にしてはかなり強硬に訴える。シリカは、困惑の面持ちになった。

「なおにとって、愛は、はずかしいものなの？」

「いや。この場合の恥ずかしいは、恥じるべきものという意味ではなくて……」

「わからない」

「つ、つまり、この場合の恥ずかしいは、照れ臭いの意味だ。僕が次にピアノの先生にお目にかかる機会があったとき、どんな顔でご挨拶《あいさつ》したらいいのかわからなくなる」

「いつものなおでよくない？」

「いつもの僕でいられなくなるから、嫌がっているんだ」

シリカは難しい顔でしばらく考えていたが、有の必死の気配が伝わったのか、いかにもしぶしぶ承諾した。

「……なおは、ときどきわかんないことを言うなあ。でも、いいよ、わかった。なおがいやがることは、したくないもの。じゃあ、なおがわたしに愛なのは、ナイショだね」

「そういうことで頼む」

どうにか、シリカがよそで気恥ずかしいことを吹聴《ふいちょう》するのは制止できたようだと胸を撫《な》で下ろし、有は枕元の目覚まし時計を見た。

「さあ、今度こそ寝よう。もう日付が変わった」

今度はシリカも、素直に頷《うなず》く。

「明日《あした》が、今日になっちゃったね。急いで寝なくては」

「ああ。おやすみ、シリカ」

「おやすみ、なお」

もう一度、挨拶を交わして、二人はそれぞれ居心地のよい姿勢で薄い布団の中に落ちつき、目を閉じる。

うっかり眠気を遠ざけてしまったせいで、なかなか寝付かれない有に対して、話したいことを話してスッキリしたのか、シリカはすぐに健やかな寝息を立て始める。

(まったく、いい気なものだな)

有が思わず、そんな小言めいた文句を口の中で転がしたとき、シリカがむにゃむにゃと不明瞭《ふめいりょう》な声を出した。

早くも寝言かと、有の頬に微苦笑が浮かぶ。

するとシリカは、小さな声で「また」と言った。

(また？)

思わず「また、何だ？」と訊《たず》ねそうになって、有は危ういところで思いとどまった。

医学的根拠があるのかどうか有は知らないが、「寝言に返事をしてはいけない」というのは、世間で広く言われていることだ。

(夕食のときの約束を思い出しているのかな。「また、この料理を食べたい」という。あるいは、この前した、「また、図書館へ行こう」という約束とか……)

有が想像を巡らせながら様子を窺《うかが》っていると、シリカは再び「ま……た」と吐息のような微《かす》かな声で言った。

それと同時に、安らかだった寝顔が、急に苦しそうになる。

(どうやら、そんなに平和な夢ではないようだ)

有は心配になって、軽く身を起こし、シリカの様子を見守った。

ギュッと眉根《まゆね》を寄せ、苦痛に耐えているような表情と切迫した息づかいを見かねて、有は躊躇《ためら》いながらも、シリカの肩を軽く揺さぶった。

「シリカ？　夢見が悪いなら、一度起きたほうがいい」

「うう……う、ぁ」

なおも呻《うめ》きながら、瞼《まぶた》をピクピクと痙攣《けいれん》させていたシリカは、ふっと目を開けた。彼の視線は力なく虚空を彷徨《さまよ》った後、ようやく自分の顔を覗き込んでいる有の顔に焦点を結ぶ。

「な、お？」

名を呼ばれて、有はホッとしつつ、シリカの肩を優しく叩《たた》いた。

「大丈夫か？　寝ようと言ったくせに、起こしてしまってすまない。急にうなされ始めたから、放っておくのもどうかと思ったんだ。悪い夢を見たのか？　それとも、どこか痛むのか？　具合が悪いところでも？」

するとシリカは、自分の肩に置かれた有の手の甲にそっと触れた。体温と感触に安心した様子で細く長く息を吐くと、「ううん」と小さな声で否定する。

「だいじょうぶ。なおがいる。だからだいじょうぶ」

「……それはどうにも自信がないが」

あまりにも正直に返答する有に構わず、シリカは再び目を閉じた。

まるで小石が水に沈むように、シリカの意識は速やかに眠りの世界へ戻っていく。

しばらくすやすやと眠るシリカを見守り、彼が再びうなされることがなさそうなことを確かめてから、有は自分も身体から力を抜き、もう一度横たわった。

（いったい、どうすれば、シリカの過去にもっと深くアプローチできるんだろうな。知ったところで、僕なんかに抱えきれるものではないのかもしれないが、だからといって、知らないままでいたくない。いるべきではない……ような気がする）

あれこれと考えを巡らせていると、徐々に瞼が重くなってくる。

メトロノームのように安定したシリカの寝息に引き込まれるように、有もまた、深い眠りに落ちていった。

京都のU大学薬学部から真壁みかげが連絡を寄越《よこ》してきたのは、それから二日後のことだった。

『有ちゃん？　ちょっとだけご無沙汰《ぶさた》やな。えらいほったらかしでごめんなぁ。今ちょっとええやろか』

やはり、住んでいるとその土地特有のイントネーションが強く出るのだろうか。

N医大時代よりもものの柔らかな京都風の語尾に、スマートホンを耳に当てている有の口元が僅《わず》かに緩んだ。

「勿論《もちろん》。こちらこそ、積極的に連絡をしなくて済まない。急《せ》かすことになってはいけないと思って。……ちょっと待ってくれ」

有は席を立ち、セミナー室を出た。

おそらく、続き間の教授室にいる虎目や、秘書の瀬良直子《せらなおこ》に聞かれたところで、他校のドクターと情報交換をしていると思われるだけだろうとは思う。会話の内容を追及されたところで、「学生実習について相談していた」と答えれば、おそらく何の疑問も持たれまい。

だが、日長の秘密捜査に荷担しているという若干の後ろめたさが、有を階段の踊り場へと向かわせた。

誰もいない、蛍光灯の光が白々と照らす壁際にもたれ、有は抑えた声で話を再開した。

「忙しいのはわかっているんだ。無理はしなくてもいいと、東灘署の刑事さんも」

『うん。それはこっちが最初に宣言したことやから。仕事が立て込んどるときは、仕事が最優先や。有ちゃんも司法解剖やっとるからわかるやろけど、うちらの薬物分析の結果は、事件捜査の重要データになることが多いからな。しくじったら、誰かの人生が滅《め》茶苦《ちゃく》茶《ちゃ》になってしまうかもしれへん。ええかげんなことは、絶対にできひんのよ』

口調ははんなりしていても、みかげの物言いは相変わらず刃物のようにシャープだ。だが、裏表も他意もない分、有にとって、みかげは学生時代から変わらず、とても話しやすい相手である。

「ああ、わかっている。でも、連絡してきてくれたということは、またこちらのサンプルの分析にも着手できる目処《めど》がついたのか？」

『んー、目処がついたっちゅうか』

そこで何故か急に言葉を濁し、みかげは少し躊躇う気配を見せてから、こう言った。

『有ちゃん、薬物分析のやり方くらいはざっくり知ってるやんな？　定性分析、定量分析、構造解析、物性分析……くらいは』

いきなり始まった口頭試問に、ヒンヤリした固い壁に白衣の背中を預けたまま、有は低く呻いた。

「ざっくりした認識で構わないだろうか」

『ええよ。今は、ざっくりの話をしとんねん』

はよ、とせっかちなみかげに催促され、有はなお考えながら答えた。

「サンプルに何が入っているかを調べるのが定性分析。サンプルにどのくらい目的の成分が入ってるのかを調べるのが定量分析。調べたい成分の化学構造を調べるのが構造解析で……成分の物理的な特徴を調べるのが物性分析、で合っているだろうか」

『ほんまにざっくりやったな。うちの大学に入りたての学生でも、もっと小難しゅう言おうとすると思うねんけど』

「す、すまない。薬物については、大部分は科捜研で調べてもらうことになっているから、つい勉強が疎《おろそ》かになっている」

有が正直に反省すると、スピーカーの遠い彼方《かなた》で、みかげが可笑《おか》しそうに笑うのがわかった。

『有ちゃんのそういう真正直なとこ、相変わらずでええわ。うん、でも、基本的な理解はそれでええねん。今回、必要なんは、定性分析と定量分析やんか』

「ああ、そうだな」

『ほんで、有ちゃんから、サンプルを預かってるやろ。ラムネ二種。「普通のラムネ」と、「色違いのラムネ」。言われてもわからんけど、まあ交じらんように、ちゃんと分けて保管しとるから安心して』

まだ笑いの交じるみかげの言いように、有は苦笑いで相づちを打った。

みかげの言う「ラムネ」というのは、例の「銃撃後放火」事件のうちの一件で、被害者の腹の下で炎から守られたポーチの中に入っていたものだ。

おそらくは特殊な視細胞を持つシリカには、そのうち数粒だけがわずかに「色違い」であることがわかったらしいが、有にも日長にも見分けはつかない。

当初、有は「色違いのラムネ」だけをみかげに託したのだが、すぐに「あんな、こういうときは『普通のラムネ』も寄越してくれんと。正常がわからんと、異常もわかりにくいやろ。素人違うねんから頼むで」と叱られ、慌てて念のために手元に取り置いていた「普通のラムネ」を追加で届けることになったのだった。

「君にも、肉眼的には区別がつかないか」

『全然。どれも美味《おい》しそう。あ、食べてへんで。そんでな、まあ定性分析から始めるんやけど、とりあえず肩慣らしとコントロールを取るっちゅう意味で、「普通のラムネ」って有ちゃんが言うてたやつから分析を始めてみたんよ、昨日から』

有は、無意識に壁から背中を離し、姿勢を正した。

廊下で直立不動になってスマートホンを耳に当てている彼の姿は、はたから見ればどうにも滑稽《こっけい》だったかもしれない。しかし、幸いにも、普段から閑散としている棟だけに、誰かに見られる可能性はほとんどないのである。

「それで、何かわかったのか？」

問いかける有に、みかげはクスクス笑いながら答えた。

『有ちゃんの言うとおりやったわ。「普通のラムネ」は、まんま普通のラムネ。砂糖、澱粉《でんぷん》、酸味料……つまり、クエン酸やね。あとは、香料、重曹、着色料は言うまでもなく、お馴《な》染《じ》みの青色一号。食べてへんけど、きっと美味しいラムネやね』

「……なんだ」

ラムネの容器に書かれた「原材料」欄をそのまま写したような分析結果に、有は拍子抜けして肩から力を抜く。

『そやけどな』

しかし次の瞬間、みかげがやけに真剣な声を出したので、有はハッと背筋を伸ばす。

「それ以外に、何か？」

『普通のラムネを入れてる袋に、有ちゃん、容器に溜まった粉も入れてくれてたやんか』

　サンプルを入れた小さな袋を思い出し、有は同意する。

「ああ。柔らかいラムネらしくて、ずいぶん粒が欠けて粉になっていたから。念のため入れておいた」

『うん。「色違いのラムネ」を分析するには、粒を削らんとあかんやろ。勿体《もったい》ないし、そっちはひたすら慎重にやらんなん。粉には「普通のラムネ」の欠片《かけら》も「色違いのラムネ」の欠片も交じってるやろから、二番目にやるべきは、そっちの分析やなと思うて』

「……それで？　何か出たのか？」

『昨日の今日やから、まだ詳しくはわからん。けど、やっぱし、何かあるわ』

「何か、とは？」

　有の声に、俄然《がぜん》熱が籠《こ》もる。みかげのほうは、淡々とした調子で答えた。

『粉を分析してみたら、さっき言うた「普通のラムネ」の成分以外に、何か入ってんねん。ごく微量ではあるねんけどな』

「だから、その『何か』とは」

『わからんて。それをこれから調べていくんやけど、まさか有ちゃん、サンプルをアナライザーにぶち込んだらあとは全部勝手に機器が分析してくれるみたいな、壮大なドリームを抱いてるん違うやろね』

「い、いや、そんなことはない。先日、君のところでドラッグの分析を経験させてもらって、その煩雑さは身に滲《し》みた」

『そやったらええけど。サンプルの前処理にしても測定方法にしても、いちばん適切なもんを選び出すには、それなりに検討が必要やねん。そこは時間あるときに、じっくり慎重にやらしてもらうで。引き受けたからには、適当なことはせえへんし言われへん。現段階では、「何か」入っとるってだけや』

「あ、ああ」

　専門領域の話になると、みかげの口調はさらに強く、断定的になる。すっかり気圧《けお》された有に、みかげはほんの少しトーンを落としてこう言った。

『たぶん、その「何か」は、「色違いのラムネ」由来のもんやと思う。ほんで……これはまだ個人の印象レベルの話やと思うてな。そやけど、経験から言うて、やっぱしドラッグの類《たぐい》やと思うわ』

「ドラッグ……乱用薬物という意味だな。どの系統の？」

　物騒な話に、有の声もさらに低く小さくなる。

『そら、まだわからん。今はドラッグ言うても、ほんまに種類も様々、クオリティもピンキリや。特に、「危険ドラッグ」はもう、わやくちゃや。何でもありやもん』

　最後の一言は、むしろ愚痴の響きがある。みかげは、やや早口にまくし立てた。

『名前はダサいけどな、危険ドラッグはホンマに危険やねん。一応、麻薬やら覚醒剤《かくせいざい》やらに類似した化学物質が入っとるっちゅう認識やけど、何がどんだけ入っとるかわからんし、精製度もまちまちや』

「ああ。詳しくはないが、職業柄、ある程度は勉強している」

『そやったね。法医学の先生に言うこと違うか。けど、危険ドラッグ、あんまし扱ったことはないんやろ？　あれな、ファクトリーメイド感覚の奴まで、ホンマにピンキリで、こっちも分析が昔とは桁違《けたちが》いに大変やねん。これも、そういう危険ドラッグの一つの可能性が高いん違うかと、私は思ってる』

「危険ドラッグ……か」

『まだ、刑事さんには言うたらアカンで。分析前に、話を大きゅうされたらめんどくさいからな。そやから、もうちょっと時間貰《もら》うわ。慎重にやる。ちょっと、最近、日本に出回っとる危険ドラッグのデータも漁《あさ》ってみたいしな。似た感じの奴が見つかったら、分析の方向性も絞りやすうなるし』

「なるほど。とにかく、時間的にも技術的にも、真壁さんに任せる。いや、こちらの我が儘《まま》な頼みなのに、任せるというのは偉そうだな。伏してお願いする」

『ええて、そんなん』

学生時代と変わらず生真面目な有の態度に、みかげは心底可笑しそうに笑った。

『私もええトレーニングになるて言うたやん。こっから先、薬物分析はややこしゅう難しゅうなるばっかしやと思うから。腕、磨かんとな。あ、それはそうと、今度、用事で神戸行くんやけど、どっかで晩ごはんでも食べへん？』

思いがけない誘いに、有は軽く目を見開いた。

「ああ、君がよければ、是非ご馳走《ちそう》させてくれ。あと……その、同行者がひとりいてもいいだろうか」

『あっ、彼女？　もしかして、彼女お披露目会⁉』

途端に素《す》っ頓狂《とんきょう》な高い声を出すみかげに、有は思わずこめかみに片手を当てる。

「……違う。ただの同居人、しかも男性だ。ちょっと独特なところがある人物なんだが、誓って悪い奴じゃない。君なら気にせずにいてくれるんじゃないかと思う。夜にひとりにしたくないから、外食するなら一緒に連れていくことになる」

シリカのことを、有は極力ぼやかした表現で説明しようとした。いつになくふわっとした有の言いように、みかげは訝《いぶか》しそうでありながらも、承諾の返事をした。

『ええよ。有ちゃんの同居人がどんな人なんか、会うん楽しみやわ。ほな、日程がちゃんと決まったら連絡する。たぶん、週末あたり』

そう言って、みかげは通話を終えた。

有はスマートホンを白衣のポケットに入れたが、すぐにセミナー室に戻ろうとはせず、そのまま再び、壁にもたれた。

思いがけず、唯一といってもいい友人のみかげとプライベートで旧交を温める機会ができたのは嬉《うれ》しいが、ラムネの分析結果が物騒な方向性で進みつつあることには胸が塞《ふさ》ぐ。

「しばらくは、日長さんにも黙っていなければ。……厄介なことにならなければいいが」

そう願うときには、たいてい厄介なことになる。

そんなジンクスを敢えて忘れたふりで、有は深い息をひとつつき、さて、さしあたってはみかげをどの店に招待すればいいだろうかと考えながら、ゆっくりと階段を上がり始めた……。

3

「あ、なお。もしかして、あの人？」

シリカが、首を鹿のように伸ばしてそう言ったので、有は、尻《しり》を少しずらしてシリカの視線を追った。

なるほど、見れば真壁みかげが有たちがいるレストランに入ってきて、そう広くないホールをキョロキョロと見回しているところだった。

有がうっかり入り口に背を向けて座ってしまったので、すぐに見つけることができずにいるらしい。

「真壁さん」

他の客を驚かさないよう、必要最低限の声量で有が呼びかけ、軽く手を上げると、みかげはパッと顔を輝かせ、胸の高さで小さく、しかし忙《せわ》しく手を振った。

待ち人来たると確信するなり、シリカはサッと席を立つ。

海外暮らしをしていたせいもあるのだろうが、陶子はどうやら、シリカに「紳士らしい振る舞い」については厳しく教えたようだ。

今夜は有がみかげに食事をご馳走《ちそう》する側なので、有もシリカもスーツとまではいかないが、サマージャケットを着用している。普段はとことんカジュアルな服装を好むシリカが、それにまったく異議を唱えなかったのも、あるいは陶子の教育の賜《たまもの》なのかもしれない。

「なお」

「えっ？　あ、ああ、すまない」

そんなことを考えてぼんやりしてしまっていた有は、シリカに促され、慌てて立ち上がった。

「遅れてごめんな。なんやふたりしてそない丁寧にお迎えしてもろたら、恐縮するわ。こう見えても、それほどやんごとなくはないんやで」

照れ隠しとおぼしき冗談を快活に口にしながら、みかげは店の奥の、二人のいるテーブルへ足早にやってきた。

今日は友人の結婚式を控え、出席する他の友人たちと二次会の打ち合わせがあったらしい。

ピンポイントなメイクアップは相変わらずだが、今夜は肩口にささやかなフリルのついたノースリーブのブラウスに、カラフルなロング丈のフレアスカートを纏《まと》っている。

「こんばんは。わたしはシリカ！」

有が驚くほど自然な仕草で、シリカは真っ先に名乗り、みかげに片手を差し出す。

その姿に、有はハッとした。

最後に陶子に会った夜、お久しぶりですと頭を下げる有に、陶子はスッと右手を差し出した。

あのときの颯爽《さっそう》とした姿が、目の前のシリカにピッタリと重なる。

（ああ……確かにシリカは、天河先生が育てた「子」だ）

そんな感慨で胸がいっぱいの有をよそに、みかげは、小さな顔に対していささか大きすぎる目をパチクリさせた。

「えっ？　あ、あああ、どうも。そっか、そういう挨拶《あいさつ》をする系の人なんやね。えっと、真壁みかげ……ミカゲ・マカベのほうがええんかな。いや、今、フツーに日本語喋《しゃべ》りはったから大丈夫やんな。どうも。U大薬学部の稲田《いなだ》研にいてます」

「やく？　いにゃだけ？」

「あーっ、と、お薬のいろいろを研究する仕事。稲田は、私のボスの名前。これで大丈夫やろか」

明らかに戸惑いつつも、みかげはシリカとの握手に応じ、簡略な自己紹介をする。手を離してから、彼女は興味津々に有を見た。

「この人が、有ちゃんの同居人？　えっらい男前やな。ハリウッド俳優みたいやん。SF映画とかに出てそう。で、どういうアレなん、ご関係その他は」

「ああ、いや、そのあたりは色々と事情があるんだ。まあ、座って」

みかげの疑問はもっともだが、一言でシリカとの関係を説明するのは難しすぎる上、彼の出自については、有自身もまだ知らないことが多すぎる。

有は言葉に詰まりながら、シリカの隣の席をみかげに勧めた。このまま三人で突っ立っていては、他のテーブルやカウンター席の客たちの注目の的になってしまう。

そうでなくてもシリカの人並み外れて美しい容姿は人目を引くので、有としては、目立つ行動を極力避けたかったのである。

みかげが着席するのを待って、シリカはスッと腰を下ろす。有もそれに続いてから、小声で説明を加えた。

「覚えているかな。N医大で医療倫理学教室の教授だった、天河陶子先生。シリカは、天河先生の養子なんだ」

N医大を中途退学したみかげは、遠い記憶を辿《たど》るように小首を傾げ、ポンと手を叩《たた》いた。

「医療倫理学の講義、そう言うたらあったな。えらい男前で強面《こわもて》なおばちゃん先生が、毎週ランダム指名でおっかない議論を吹っ掛けてきた記憶がおぼろげに残っとるわ。あの人のことやんな？」

おおむね褒めてはいないようだが、確かに陶子の特徴を捉《とら》えたみかげの言葉に、有は実に微妙な表情で曖昧《あいまい》に顎《あご》を上下させた。

「色々と問題を含む発言だとは思うが、おそらく合っている」

「一発でバッチリ通じたやん。正確な描写やろ？　へえ、あの先生のご養子さんなん」

「ああ。……その、シリカは海外で生まれ育ったから、日本語にはまだ不慣れなところがある。できる範囲で構わないから、平易な表現を心がけてもらえると助かる」

「なるほどな。わかったわ。あ、ごめんな、二人で話してしもて。シリカさん、でええんかな」

「シリカでいいよ。えっと……ミカ？」

みかげの名前を正確に覚えるのがいささか難しかったらしく、シリカは中途半端に略した名前を口にする。

有はすぐ訂正しようとしたが、ざっくりした性格のみかげは、「それでええよ。短いほうが楽や」とあっけらかんと受け入れた。

三人の会話が一区切りしたタイミングを見定めて、店員が注文を取りに来てくれる。といっても、有が予約時にコースを注文しておいたので、必要なのは飲み物のチョイスだけだ。

幸い、この手の選択に長考タイプのメンバーはひとりもおらず、さっとメニューを見て、みかげは「サングリア！」と真っ先に声を上げた。

次いで、有は炭酸なしのミネラルウォーターを、シリカは二人よりは少しだけ時間をかけて、ちょっと珍しい黒スグリのジュースを選択する。

店員が去ると、みかげはすぐに話を再開した。

「二人とも、お酒飲まへんのやね」

有とシリカは顔を見合わせる。答えたのは、有だった。

「僕はあまりアルコールに強くないし、シリカは今、甘い飲み物に凝っているんだ」

「甘い飲み物？」

シリカはにこにこして頷《うなず》く。

「ジュースは何でも好き。今、いちばん好きなのは、コーヒー牛乳だよ！　お風呂《ふろ》上がりに飲むのが日本のでんとう、だってなおに教わった。こう、こしに手を当てて！」

「へえ。顔は神さんみたいに綺麗《きれい》やのに、飲むもんはえらいかいらしなぁ。……ちょー、あんた、男前に何を教え込んでんの。それ、銭湯の流儀やん。ええけども」

可愛らしいを京都風に言ってから、みかげは今度は有を軽く咎《とが》めた。

どうやら今夜、会計を持つのは有であるものの、場の仕切り役はみかげになりそうな雰囲気である。

「それはそうと、私のリクエスト、ちゃんと覚えててくれたんやね」

有は、自信なげに軽く頷く。

「パエリアが食べたいと言われたから、とりあえず、スペイン料理の店を探した。他のメニューは任せると君は言ってくれたが、僕は不調法なので、パエリア以外はすべてお店にお任せにした。構わなかっただろうか」

「全然ええよ。選ぶ手間が省けて、むしろ助かるわ」

そう言ったみかげを、シリカは不思議そうに見る。

「ミカは、ごちそうに興味がないの？　美味《おい》しいもの、好きじゃないの？」

「こら、シリカ。失礼だぞ」

有は、シリカを窘《たしな》めようとしたが、当のみかげは特に気にする様子もなく、即答した。

「なんで？　興味あるよ。ありありや。ありすぎて困るくらいやわ。そやなかったら、奢《おご》りやったら何でもええよって言うやん」

「じゃあ、どうして選ぶのが嫌なの？」

「だってほら、見てみ」

シリカにメニューを示しながら、みかげは悪戯《いたずら》っぽく笑って言った。

「こんだけ選択肢あんねんで？　こんなん真面目に見てしもたら、あれも食べたいこれも食べたい全部食べたい！　でも胃袋足らん！　って、キーッとなるやんか。そやから、お店の人がイチオシを選んで出してくれるほうが、悩まんで済んで、しかも基本的にハズレなしや。ありがたいやん」

メニューからみかげに視線を移し、シリカは熱っぽく同意した。

「わかる！　わたしも、有とごはんを外で食べるたび、ぜーんぶ食べたくなる。『また来ればいいんだから、今日はとりあえずひとつに決めてくれ』って、有にこんな顔されちゃうんだよ」

シリカは、眉間《みけん》にギュッと深い皺《しわ》を寄せ、腕組みして、有の表情と口調を真似てみせる。みかげはすぐ、シリカに小さな拍手を送った。

「中途半端に似たはる！　そやんなあ。理解者がおって嬉《うれ》しいわ」

理解者が現れて嬉しいのか、シリカはなおも熱っぽくみかげに経験談を語る。

「この前、なおが、ずーっと約束してた回るお寿司《すし》の店につれてってくれたんだ。そうしたら、本当に目の前にお寿司専用道路があって、そこをお寿司がどんどん流れていくんだよ！　知ってる？　見ていたら、わたしの目もぐるぐるした。目の前に来たお寿司を全部取ろうとして、なおに止められたよ」

「……それは止めるだろう。いくら何でも食べすぎだ。それに、何もレーンから取らずとも、何が食べたいか熟慮してから、タッチパネルで個別に注文することができるんだし。そのほうが、確実に食べたいものを新鮮な状態で食べられる」

シリカの真顔と有の渋面を見比べて、みかげは噴きだした。

「なんやおもろい取り合わせやねえ、あんたら。ほぼほぼ真逆なんが、かえってええんやろか。けったいなピッタリ感があるわ。そやけど、なんで天河先生のご養子さんと有ちゃんが、一緒に暮らしてんの？」

「それは、その」

そのことについては、どれだけ簡略に二人の関係を説明したところで、基本的に無遠慮なみかげは、きっと追及してくるだろうと有は予想していた。

それに対する無難な説明をこの数日ずっと考え続けていたものの、結局、上手《うま》いごまかし方を思いつけなかった有は、たちまち口ごもる。

　一方で、シリカは無邪気な笑顔で即答した。

「わたしはなおに愛で、なおはわたしに愛だからだよ！」

「シ、シリカッ」

「なに？　ミカはミホ先生じゃないから、言ってもいいでしょ？」

「そういう問題では……！」

　どうやら先日の「愛」にまつわる会話が、シリカの心にはかなり深く刺さったらしい。顔を真っ赤にして慌てる有と、涼しい顔のシリカを交互に見て、みかげは「あー」と訳知り顔になった。

「そういうアレかー。はー。なんや、有ちゃんも隅に置かれへんなあ。今どき、別に隠さんでもええやんか。いや、強いて言い回る必要も全然あらへんから、好きにしたらええねんけども」

　有は慌てて片手を激しく振って否定を試みる。

「いや！　君が思っているようなことではないから」

「そうなん？　お互いに『愛』なんやろ？」

「そうだよ！」

　シリカは我が意を得たりと頷き、有の色白な顔はますます赤くなる。

「いや、だからその愛は、真壁さんが思っているようなものとは違って」

「は？　ああ、もしかして、まだつきあってへんとか、そういうこと？」

「まだというか、そう、そういうことなんだ」

有は必死の形相でこくこくと頷く。するとみかげは、「しょーもな」とたちどころに言い放った。さすがの有も、その一言には眉《まゆ》を曇らせる。

「いや、理解してもらえたのはよかったが、しょうもないって、そういう言い方は」

「そんなんどうでもええやん」

「えっ？」

有がポカンとしているところに、店員が飲み物と、タパス盛り合わせの大皿を運んでくる。

配膳《はいぜん》のあいだ、テーブルには奇妙な沈黙が落ちた。

「と……とりあえず、その、乾杯を」

どうにか話題を自分とシリカの関係性から逸《そ》らしたくて、有は珍しく、自分からグラスに手を伸ばす。

みかげも乾杯には異論がないらしく、素直にそれに応じた。

「ほな、再会を祝して……言うても、再会はこないだ済んでるやんな。ほな、シリカとはじめましての乾杯かな。これからもよろしくな感じで」

「どっちも！」

物怖《お》じせず、ストレートな物言いをするという点で、みかげと天河陶子は少し似ている。そのせいか、シリカも初対面のみかげを大いに気に入ったらしく、黒すぐりのジュースが入った上品なワイングラスを勢いよく持ち上げる。

「では、とにかく乾杯」

「なんやそれ。まあええわ、はよ飲みたいし。かんぱーい」

「かんぱーい」

三人は軽くグラスを合わせ、それぞれの飲み物で喉《のど》を潤してから食事を始めた。

有は予約時、軽くコース料理の構成について説明を受けていたが、タパス盛り合わせは想像以上の充実ぶりだった。

事前に聞いていたのは「だいたい六種類程度の盛り合わせ」だったのだが、目の前の長方形の大皿を見る限り、十種類はありそうだ。

焼いたもの、揚げたもの、グラスに入ったムースのようなもの、野菜をマリネして取り合わせたものなど、実にバラエティ豊かで、見た目だけでなく立ち上る香りにも食欲がそそられる。

家では、仕事で他人と顔を合わせるからと控えるニンニクも、店では当たり前のように大らかに使われているので、生真面目な有でも、自然と抵抗感が薄らぐ。

「女子に取り分けとか期待せえへんよな？　うんうん、それでこそ有ちゃんや。ほな、各自で好きなように取ろうな。お先！」

招いた側の有とシリカをレディーファーストでジリジリさせないようにという気遣い

なのだろう、みかげはさっさと料理を二つ三つ、自分の皿に取った。

ディナーはすべて大皿盛りで供される店らしく、やはり三人前の料理が一枚の皿の上に集うと、見た目にも華やかで豊かな感じがする。

「いいねえ、うれしいねえ、こういうの」

シリカはピックの刺さった厚焼きのオムレツをしげしげと眺めてからパクリと頬張り、幸せそうにそう言った。

「こういうの、とは？」

有が訊《たず》ねると、シリカは大皿を指さした。

「大きなお皿にごちそうがたくさんあって、それをみんなで分けるの、うれしいねえ。トーコが買ってくれた絵本で見たよ。森の動物たちが、大きな葉っぱのお皿に、木の実とか、果物とか、お花とかを並べてみんなで食べるんだ。こういうの、パーティっていうんだよね？　すてきだ。いっぺん、やってみたかった」

「パーティ……とは、ちょっと違うような」

「何でやの。これはこれで、立派なパーティやん」

首を捻《ひね》る有に、みかげはキッパリと反論した。いきなりの意見の相違に、有は軽く眉をひそめる。

「ただの会食では？」

するとみかげは、人差し指を立てて、ちっちっと振ってみせた。

「もう、そういうとこやで有ちゃん！　今日は有ちゃんが私をご招待して、もてなしてくれてるわけやん。そこにシリカもおって、みんなで楽しくご馳走《ちそう》が食べられるねんから、これはパーティや。な、シリカ」

「うん、パーティだ。かんぱいも、したしね」

「そうそう。有ちゃんはな、もっと人数が多うて、広ーいとこでやるパーティを想定してんねん。そういうんも、いつか経験できたらええね。乾杯、何やったらもっぺんする？」

「しよう！」

すっかり意気投合したらしきみかげとシリカは、再び景気よく乾杯する。

完全に置いていかれた感のある有は、酷《ひど》く困惑した顔つきで、二人の顔を交互に見た。

(なんだろう。確かに真壁さんは天河先生と似たところがあるが、こうも即座にシリカと仲良くなれるとは。さすがというか、何というか)

シリカがかなり風変わりなことにはすぐ気づいただろうに、みかげはそれに戸惑うこともなく、かといって腫《は》れ物に触るような、あるいは無闇に子供扱いするようなこともせず、実に自然にシリカに親しんでいる。

(こういうのを、コミュ力というんだろうか。そういえば、N医大で知り合ったときも、真壁さんから僕に声をかけてくれたんだった)

感心しながら遠い思い出に浸っている有の顔を、シリカは心配そうに覗《のぞ》き込んだ。

「なお？　大丈夫？」

「あ、ああ」

「これはきっと、早く食べたほうがおいしいよ。ほら、なおのぶん」

そう言って、シリカは有の皿にコロンとしたマッシュルームを取り分けた。傘の部分にハーブバターを載せて焼き上げたマッシュルームからは、香草とニンニクがフワッと香って確かに旨《うま》そうだ。

「あつあつはまだ得意じゃないけど、頑張ってふーふーしたら、とてもおいしかった。なおも、きっと好きになる」

「……ありがとう。いただくよ」

　有は気を取り直して、ピックが兎の耳のように二本も刺さったマッシュルームを注意深く持ち上げ、傘に溜まったスープを零《こぼ》さないようにちょっと吸ってから口に入れた。塩気も旨味も強い、いかにも酒が進みそうな料理だ。

「旨い。スペイン料理はあまり食べたことがないんだが、タパスというのは、おつまみのことだっただろうか」

　有がそう言うと、みかげは大きく頷《うなず》いた。

「スペインでは、タパスを出す酒場がようけあんねん。一つ二つつまんで、お酒をグラスで一杯飲んで、ほんでまた次の店に行く。美味《おい》しいからつい食べ過ぎてしもて、地元の人ほど上手にはできへんかったけど、それでも飲み歩き、楽しかったで」

「スペインに行ったことが？」

「旅行で二回くらいやけど。そんときに料理もお酒もほんまに美味しくて、スペイン料理が大好きになってん」

「真壁さんは、酒が強いのか？」

「そうでもない。美味しい食べもんをより美味しくするためのお酒やな、私は」

店員がタパスの大皿の横に置いていった生ハムのスライスとパンが溢《あふ》れんばかりに盛りつけられた木製のボードを指して、みかげは相好を崩した。

「パンが、ちゃんとパンコントマテやん。正統派のスペイン料理やな。それも、高級すぎひんやつ」

「それは、気に入ったという意味か？」

「当たり前や。こういう、変に凝り過ぎてなくて、イヤミにお上品でもなくて、気前ようがっつりしてるんが食べたかってん。最初、店の地図が送られてきたときには、ＪＲ元町《もとまち》駅からめっちゃ歩くやん、まだそこそこ暑いのにかなんわーって思うたけど、頑張って歩いてよかった」

　あらかじめトマトを擦《こす》りつけてあるパンをちぎり、生ハムを載せて幸せそうに頬張るみかげの姿に、有はホッとした様子で眼鏡の奥の目を和ませた。

「それはよかった」

　シリカのほうは、みかげの生ハムの食べ方に興味津々で、さっそく真似して、こちらも満足げな笑顔を見せた。パンをわんぱくに頬張りすぎて、せっかくの美しい輪郭が台無しになっている。

（そうか。天河先生といるときもおそらくは二人きり、僕と暮らすようになってもずっと二人で食事をするだけだったから、こんな風に気のおけない他人を交えて賑《にぎ》やかに食卓を囲むというのは、シリカにはきっと久しぶり……いや、もしかしたら、初めてのことなのかもしれない。だからこんなにはしゃいでいるのか。こんなささやかなことが、シリカにとっては憧《あこが》れだったのか。それなのに、僕は）

それに思い当たると、さっき、パーティという言葉を頭ごなしに否定しようとした自分の思いやりのなさを痛感し、有は忸怩《じくじ》たる思いをする。

（相手が僕では、真壁さんのようにポンポンと弾むような言葉のやり取りはとてもできないし、家の中の雰囲気だって明るいとは言えないはずだ。シリカには、ずいぶん申し訳ないことをしているんだな）

同居相手がみかげのような人物なら、シリカは毎日、今のようにもっと頻繁に明るい笑い声を響かせているのかもしれない。陶子の指名とはいえ、自分はシリカを預かる人間としては不適格なのではないか。

そう思うと、有の胸がズキリと痛む。

だが、その痛みを噛《か》みしめる間もなく、みかげが有に話しかけた。

「それにしても、渋い店やな。駅からも繁華街からも離れてて、このへん住宅街やろ、たぶん。暗うなってから来たせいか、この店だけ点《つ》いてる灯《あか》りがオレンジがかって温こうて、いい感じやったわ。中の雰囲気もあっさりしとってええ感じやし、有ちゃん、いつの間にこんな素敵な店をチョイスできるようになったん？　学生時代と全然変わってへんと思うてたけど、実はブイブイいわしとるん違う？」

　とんでもない買いかぶりを受けて、有はハッキリと否定した。

「褒めてもらえたのは嬉《うれ》しいが、僕の手柄じゃないんだ」

「ん？　もしかして、シリカの手柄？」

「いや、実は他に用事があって兵庫県監察医務室に電話したとき、常勤監察医の先生に、お勧めのスペイン料理店はこの界隈《かいわい》にないかと訊ねてみたんだ。そうしたら、自分にはわからないが、ちょうど詳しそうな人が来ているからと電話を代わってくれて」

「ふんふん？」

「先代の常勤監察医だった……確か龍村《たつむら》先生といったか、その先生が教えてくれたのが、ここだ。僕は挨拶《あいさつ》程度の面識しかないんだが、豪快でお洒落《しゃれ》な人だった記憶があるし、いかにもスペイン料理に詳しそうな陽気な声だったから、間違いはないと思った」

「っちゅうことは、ほぼ知らん人のお勧めかいな」

「面目ない」

　有の率直かつ正直な説明に、みかげはしみじみと言った。

「けど有ちゃん、そういうとこは人を見る目があるんやな。その何とか先生のお勧めの店はホンマに大当たりやし、シリカもええ子やし」

「シリカの人柄も、僕の手柄では」

「ないけど、愛なんやろ？」

「愛だよ！」

「……シリカ」

すぐさま会話に割り込んでくるシリカに、有は思わずこめかみに片手を当て、みかげは楽しげに笑う。

「ほらぁ。たとえつきあってへんかっても、相性のええ子がちゃんとわかってるやん」

「シリカを僕に預けたのは、天河先生の判断だよ」

「そうなん？　有ちゃん、天河先生とそない仲良かった？」

不思議そうなみかげに、有は少し声を落として打ち明けた。

「君がこの前知っていると言ってくれた、宮入ソウスケさんの一件で、僕はその……すべてから逃げようとしたことがあって」

「あー、手首切ったんやろ。週刊誌で読んだわ。……ズケズケ言うてゴメンな。そやけど、知っとんのにわざわざ知らんふりされるほうがイヤミちゃうかと思うから」

「……そうだな。ハッキリ知っていると言ってくれてありがとう。そのとき、大学側が引き合わせてくれたのが、天河先生だった」

「ああ、医療倫理が専門やからか。告知でやらかした奴の相手としては、最適やな」

みかげの選ぶ言葉は容赦がないが、その率直さは、有にとっては変に気を遣われるよりずっと気が楽である。

「そういうことだ。僕の思想的再教育を命じられたとハッキリ仰って、でも、そんなことはなさらなかった。ただ僕と、生きること、正義、償い、そんなことについての議論を辛抱強く重ねてくださった。そのおかげで、僕は、生きて償う道を探るという考えに至ることができた。……未《いま》だに、手探りではあるんだが」

有の、敢《あ》えて感情を排した、それでも深い感謝の念が滲《にじ》む説明を聞いて、みかげは真面目な顔つきになる。

「そうかぁ。それはほんまに、ええ出会いやったね。それで、先生とずっと仲良うしとったん？」

有は、チラとシリカを見てから、小さくかぶりを振った。

「いや。先生は八年前、急に大学をお辞めになった。それからずっと音信不通で……」

意外な成り行きに、みかげは口に運びかけたタマネギのローストを、いったん皿に戻す。

「ええー？　いきなりやな。ほな、先生は今、どないしたはるん？」

「半年ほど前に、ご病気で亡くなった。その少し前に、本当に久しぶりに先生とお会いしたんだ。そのときに」

「そのときに、なおはわたしをもらう約束をトーコとしたんだよ」

食べるのと喋《しゃべ》るのを器用に両立するシリカに、有は低く呻《うめ》く。

「シリカ。説明はひととおり僕からさせてくれ。話がややこしくなる」

「わかった」

聞き分けはいいものの、本当にわかっているかどうか疑わしいのがシリカである。有は小さな咳払《せきばら》いをしてから、話を再開した。

「天河先生は、『大切なもの』を預かってくれと僕に仰《おっしゃ》った」

「それがわたしだよ！」

「シリカ、頼むから。……そのときは、てっきり物品だと思い込んでいたし、先生にも強く希望されたから承知したんだが」

「で、いざ預かってみたら、こちらの超男前な人間様やったと」

「わたしだよ！」

「……どうも、音信不通のあいだに先生はシリカと出会い、あちこちの国を共に旅しながら暮らしておられたようだ。そして、最終的に正式な養子とされたものの、そのときにはもう病を得ておられ……」

「はあ、なるほど。ほんでシリカを託す相手として、有ちゃんが騙《だま》し討ちの形で選ばれたわけや」

旧知の仲だけに、そのときの有の狼狽《ろうばい》ぶりが目に浮かぶようだったのだろう。みかげはテーブルの縁を軽く叩《たた》いて、「ウケる」と、簡潔な感想を口にした。

さすがの有も、その言葉には若干ムスッとする。

「ウケるは酷《ひど》いな」

「ごめんごめん。そやけど、他に何て言うてええかわからんわ。うん、やっぱしウケるで正解ちゃう？　そら、ビックリしたやろけど、有ちゃん、昔から石橋を叩きすぎて壊して諦《あきら》める、みたいなとこあったから」

「うっ」

「それくらい強引に物事を動かして貰《もら》わんと、自分からはどうにも動かれへん……みたいな感じやったん違うか、今も」

「返す言葉もない」

　ちょんちょんと軽い調子で、しかし存外深く抉《えぐ》ってくるみかげの言葉に、有は思わず片手で胸元を押さえる。

「ほらー。そういう仕草、昔は絶対せえへんかったやん。なんや有ちゃん、ちょっとだけおもろなったなあ。昔は真面目一本やったけど」

「……おもしろく？」

「うん。ええ感じになったっちゅう意味やで」

　みかげは大きな口を引き伸ばすように笑った。

「そういえば……少し前に、うちの教室の臨床検査技師にも言われた。最近、人間らしくなったと」

みかげはポンと手を打つ。

「それ！　それよ。さすがに言いにくいけど、手首切ったくらいやから、なんぼ立ち直った言うても、有ちゃん、だいぶ落ち込んどったんやろ。やらかし、ずっと背負ったままでおんのやろ」

「……それは当然のことだよ。自分の罪を忘れることは、きっと一生ない」

「それは、そやろな。心配せんでも、今も別に浮かれてはおらんで？　相変わらずの生真面目君やけど、それでもちょっとは力抜けたん違う？　学生時代より、表情がやらかいわ」

「そうだろうか」

有は首を傾げながら、自分の頬に触れてみた。そうたくさん食べるほうではないので、いつになっても肉がつかない頬を指先で撫《な》でる有を、みかげは面白そうに見た。

「そうやって。自分ではわからんやろけど。シリカみたいな子ぉと一緒におったら、自然とそうなるん違うかな」

「わたしが、何？」

自分がふたりの話題になっていることに気づいて、シリカはもぐもぐと口を動かしながら会話に入ってくる。

「シリカと一緒におると、有ちゃんが優しい顔になるっちゅう話」

するとシリカは、嬉しそうに有を見た。

「なおは、いつもやさしい顔だよ。でも、笑ぅともっとやさしくなる」

「私もそう思ぅわ。シリカ、これからも有ちゃんのこと、ようけぇ笑かしたってな」

「まかせて！」

シリカは自分の胸をジャケットの上から勢いよく叩いてみせる。

みかげは、最後の生ハムを指先でつまみ上げ、口に放り込んでから、少し困ったような笑みを浮かべて、「こんなん言ぅんは柄でもないけどな、有ちゃん」と言った。

「うん？」

「人は、喜怒哀楽、全部揃ってこそ人間やと思ぅねん、私は」

「う……うん？」

「重たい罪を犯してしもたんやから、この先の人生、笑ったらあかんとか喜んだらあかんとか、有ちゃん真面目やからそんな風に思ぅとるかもしれんけど、それは違ぅで、って話。要らん世話かもしれんけど、要らんこともない気がするから言ぅとくわ」

「真壁さん……」

「私ごときが偉そうなことは言われへんけど、生きて償うためには、ちゃんと人間でおらんとあかんと思ぅねん。だって、人の心を持ってへん人には、他人の心はどない頑張ってもわかりようがないやろ。喜怒哀楽は、どれも欠けたらあかんのよ」

相変わらずの軽い調子、それでも十分過ぎるほど言葉を選んでいることがわかる口調で、みかげは続けた。

「そやから、笑うても喜んでもええんよ。むしろ、そうせんとあかんのよ。悲しむとか怒るとか、あとおまけの苦しむとかと同じくらいに。……ああ、うっかり真面目なこと言うてもた。はずかし！」

有に返事をさせずに最後の言葉を勢いよく口にしたみかげは、店員に向かって、「サングリアおかわり！　あ、やっぱり白のグラスワインにしてください」と声を張り上げた。

サラリと投げかけられた旧友の温かな言葉に、有は咄嗟《とっさ》に何も言えず、ただ、瞼《まぶた》の裏から溢《あふ》れ出しそうになる涙をグッと押しとどめようとする。

そんな有を、シリカはただただ穏やかな笑顔で見守っていた。

小海老《えび》とマッシュルームのアヒージョ、夏野菜を塩とオリーブオイルだけで煮込んだ素朴なスープ、大きくてみっちり詰まったソーセージのグリル、そして、みかげ待望の、貝類や海老がたっぷり入った濃厚な海の味のパエリア。

盛りだくさんの料理を三人で分かち合って腹に詰め込み、普段はあっさりしたものを好む有は、さすがに少し食べ疲れを感じた。デザートはパスして、カモミールティーを仕上げにオーダーする。

みかげはシリカと相談の上、プリンとセミフレッドを注文した。どうやら、二人でシェアする算段をつけたらしい。

　店員が盛り分けて持って来てくれたデザートを幸せそうに平らげる二人を見ながら、有は感心したように溜《た》め息をついた。

「旨《うま》そうだがもう無理だ。デザートの分、胃袋を空けておくべきだった」

「ん？　プリン、カラメルがガチで苦くて美味《おい》しいで。一口あげよか？」

「セミなんとかも、冷たくて美味しいよ。あげようか？」

　二人ともに「一口」を勧められて、有は慌てて両手を振った。

「いや、気持ちだけ貰っておく」

「そうかぁ？　食べたら意外と入るかもやのに」

　みかげに残念そうにそう言われ、「絶対に無理だ」と有が答えようとしたそのとき、店内にまだ残っていたもう一組のテーブルから、ガチャーンとけたたましい音が聞こえた。

　三人は、ハッとしてそちらを見る。

　どうやら、ワイングラスが床に落ちて割れた音だったらしい。店員が、慌てた様子でテーブルに駆けつける。

　テーブルに座っているのは、男性ふたり、女性ふたりだった。いずれも三十代くらいと見受けられるが、実際のところはわからない。

　彼らの関係性も、有たちには知る由もないが、どうやら男性ふたりはスペイン人、女性ふたりは日本人らしく、四人はさっきからずっと、日本語とスペイン語を取り混ぜてコミュニケーションを取っていた。

互いのテーブルが店の端と端に離れていたので、さほど気にはならなかったが、さっきから少し、彼らの話し声が大きくなっていたことに、有は気づいていた。

みかげも実は気にしていたらしく、テーブル越しに有に顔を寄せ、「有ちゃんは背中向けて座っとるから見えんかったやろけど、だいぶ酔うとんで、四人とも。さっきからけっこう口論になっとって、ぶん回した手ぇがグラスを吹っ飛ばしたみたいや」と囁《ささや》いた。

「……なるほど。確かに声は聞こえていた」

有も小声で応じて、チラと振り返ってみた。店員が、「お怪我はありませんか」と心配しながら、箒《ほうき》とちりとりを持って来て、手際よく割れたグラスを片付けている。

さすがに四人とも気まずそうに沈黙しているので、有は、興味津々の顔でくだんのテーブルを凝視しているシリカをやんわり窘《たしな》めた。

「こら、あまりジロジロ見るものじゃない」

「でも、けんかはよくないよ。止めないと」

「けんかではなく、まだ議論、あるいは口論のレベルだろう。心配しなくていい」

有が諭すと、シリカは「そっか」と頷《うなず》き、視線を手元のデザートに戻した。

四人連れは、店員の清掃が終わるのを待って会計を頼み、逃げるように店を出て行く。

店内は、急に静かになった。

「すみません、お騒がせしました」

店員が有たちのテーブルに謝りに来たので、有はすぐに「いえ、お気になさらず」と応じた。だがみかげは、「何を揉《も》めてはったんでしょね」と、好奇心を隠さず問いかけた。

まだ若い女性店員は、愛想のいい苦笑いで、「お客様のお話に、聞き耳を立ててるわけでは決してないんですけど」とことわってから、こう答えた。

「お声が少し大きくて、自然と聞こえてしまった範囲では、どうも、動物愛護の問題についてお話ししておられたようでした」

みかげは、それを聞くなり大袈裟《おおげさ》に肩を竦《すく》める。

「あー、それは食卓の話題としては絶対あかんやつ。水掛け論からの平行線、ほんで話がぐじゃぐじゃにもつれて、往々にして絶交に至るやつや」

同意も否定もせず、軽く一礼して店員が去った後、シリカは不思議そうにみかげに問いかけた。

「どうぶつ……あいごって？」

シリカは不思議そうに首を捻《ひね》る。

「動物を大事にしようっちゅう話やねんけどな」

「それは、いいことじゃない？　どうして、話しちゃだめなの？」

「ダメやないけど、どの動物を、どんな風に、どの程度大事にするかっちゅう前提が、たいていみんなバラバラやからな。食卓で話すには広すぎの重すぎ、ついでに熱うなりがちの三重苦や。あの人らみたいに、飲みながら話すとたいがい揉めるわ」

「ふーん？」

「そもそも、人間がどの生き物を大事にすべきで、どの生き物は大事にせんでええって決めてええと思うとんのが厚かましいねん。知能が高いからイルカを大事にすべき言うんやったら、ゴキブリも同じだけ大事にせえて思うわ。あいつらも、昆虫としては破格に賢いん違う？　人間より先に地球にデビューしたくらいやし」

「お、おい。あまり極端な思想をシリカに吹き込まないでくれ。あと、食べ物を扱う店で、ゴキブリの話はちょっと」

　さすがに聞き咎《とが》めて、有はみかげの話を遮る。みかげもはっと我に返って、恥ずかしそうに頬を人差し指でポリポリと掻《か》いた。

「ゴメン。動物愛護には常々思うところがあったもんやから。私もひとりだけお酒入ってるせいで、うっかり熱うなってしもた。な、あかん話題やろ、シリカ」

　シリカは、ちょっと悲しそうに同意する。

「ミカの言うことはよくわかんないけど、せっかく美味しいものを食べたのに、楽しくなくなるのは、よくないね」

「そやそや、ようない。食卓では、楽しい話をせんとな。ごめんな」

　シリカに謝ってから、みかげは照れ笑いを有に向けた。

「そやけど有ちゃんは、シリカについてはえらい過保護やねえ」

　有は、ほどよく冷めたカモミールティーを口にしてから、いささか弁解めいた口調で言い返した。

「過保護になっているつもりはない。でも、シリカは過去に色々あったようで、世の中を知り始めたのがおそらくここ数年のことなんだ。だから今、吸い取り紙のように色々なことを吸収している」

「……そうなん？」

「そうなんだ。そして、シリカの養母である天河先生が、よく仰《おっしゃ》っていたことがある。あなたが誰かのことを『あの人は僕とずいぶん違うな』と思うとき、その誰かもおそらく、あなたのことを『あの人は僕とずいぶん違うな』と思っているの。人間は、ひとりひとり違って当たり前。好きなものも、嫌いなものも、大事なものも、全部違う。たまたま意見が一致したら、その奇跡を喜べばいい。たとえ意見が食い違っても、それは当然のことなのよ。そのことを本当に理解して受け入れるのが、実はいちばん難しいかもしれない……と」

　デザートを食べ終え、エスプレッソを顰《しか》めっ面で啜《すす》りながら耳を傾けていたみかけは、黙って頷く。有は、それを言うときの陶子の厳しい顔を思い浮かべながら、言葉を継いだ。

「天河先生と同じようにはとてもできないとは思う。でも、シリカには、色々なことを、今はできるだけ広く、フラットに知って欲しいと思っているんだ。誰かの強い意見に流されたり、取り込まれたりすることなく」

みかげはやはり、ただ頷くだけだ。

「様々な人のありよう、ものごとのありようを知ることで、シリカが自分をよりよく知る助けになるんじゃないかと……ない知恵を絞って、僕はそんなことを考えている。おかしいだろうか。あるいは、それが過保護というものなのだろうか」

「ううん、そんなことあれへんよ」

みかげは、そばかすの目立つ顔をクシャッとさせて笑い、ボブカットの髪を耳にかけた。

「ええか悪いかは知らんけど、おかしいことは全然あれへん。有ちゃんがシリカのことをうんと気にかけてるんが、ようわかった。他人のことにあんまし興味なさそうやった有ちゃんが、シリカのことをそこまで考えるんは、やっぱしかなりの愛やで」

「愛だよ！」

すかさず、シリカが同調する。

「……そう、かもしれない」

二人に押し切られるような状態で、有は情けなく眉尻《まゆじり》を下げ、曖昧《あいまい》に頷いた。

それからしばらくして、有が会計を済ませて店から出ると、先に外に出ていたみかげとシリカが、揃って真顔で有を差し招いた。

「どうした？」

訝《いぶか》る有に、少し離れた外灯の下を指さし、耳打ちしたのは、みかげである。

「まだ、あそこで揉めたはる」

「誰が？」

「あれ、たぶんさっきの四人やろ。店から出て、即、口喧嘩《くちげんか》再開したっぽいわ」

有が彼女が指すほうを見ると、確かに白々とした外灯の下に、四つの人影が見えた。

四人とも、激しく両手を動かして何か言い合っているらしく、時々、大声が有たちのところまで聞こえてくる。

「これはまた……激しいな。やはり、動物愛護の話題か？」

有の問いかけに、みかげは軽く首を傾げた。

「スペイン語の割合が増えてしもてるし、凄《すご》い早口の激論やから、内容の全部はわからんわ。私のスペイン語、観光客レベルやから。けどどうも、議題はスペインの闘牛の可否みたいやな」

有は、合点がいったと言うように深く頷いた。

「スペインの闘牛は、牛の命を奪うまでやるんだったか」

みかげは顰めっ面で頷く。

「いっぺんだけ話のタネにと思うて見にいったけど、あれは、私には娯楽違うかったわ。

他人《ひと》様《さま》の国の文化にあれこれ言う義理はないけど、もっぺん見ろて言われたら、死んでも断る。動物愛護系はあんまし好きやないけど、闘牛に関しては、私も賛成せえへんな」

「僕も、決して好きになれそうにはないものだが、なるほど、その話題は白熱しそうだな」

「うん。……ほら、今、マタドールっちゅう言葉が聞こえたやろ。闘牛士のことやん？　やっぱしそっち方面の話で間違いはないと思うねんで。な、シリカ」

　みかげはすぐ横に立つシリカに同意を求める。

　だが、シリカは棒のように突っ立ったまま、みかげのほうを見ようともせず、返事もしない。

　ただ、ぼんやりと虚空を見ているだけだ。

「シリカ？」

　シリカの様子が急におかしくなったことに気づき、有はシリカの真ん前に立った。

「シリカ、どうした？」

　呼びかけても反応がない。有がさらに何度か名を呼ぶと、シリカの薄く開いた唇から、微《かす》かな声が漏れた。

「ま……た……」

「また？　また、何だ？」

　有の問いには答えず、シリカは譫言《うわごと》のように「また」という言葉を繰り返す。

「どないしたん、シリカ？」

「わからない。シリカ、おい、いったいどう……あっ」

困惑していた有の脳裏に、つい数日前の夜の出来事が甦《よみがえ》る。

（そういえば、シリカがそんな寝言を言っていた。あのときも、「また、何だろう」と不思議に思ったんだった）

だが、シリカはもう一つ、別の言葉を口にした。

「きえん」

「消え……？」

「また……きえん……また、きえん……」

（ますますわからなくなってきたぞ。まさか、立ったまま寝ているわけではあるまい。正気に戻さないと）

軽く見上げると、シリカはぼんやりした顔つきをして、両目の焦点も、どこにも合っていない様子だ。

（参ったな。声が聞こえていないんだろうか。どうすれば……）

みかげに心配をかけるわけにはいかないと、有はいささか焦って、シリカの二の腕をポンと叩《たた》こうとした。

痛みを与えることは望まないが、軽い刺激で、我に返ってくれればと考えたのだ。

ところが、有の手がシリカの腕に触れる寸前、シリカは左手で有の手首をガッと掴《つか》み、目にも留まらない速さで腕を捻《ねじ》り上げた。

まるで、合気道の「腕捻《かいなひね》り」のような、鮮やかな技である。

腕を後ろに思いきり捻られて、有は二の腕から背中に向けて走った鋭い痛みに悲鳴を上げた。

「痛ッ……シリカ！　何を」

「また……また……」

小声で呟《つぶや》きながら、シリカはいつもののんびりした彼からは信じられないほど俊敏な動作で、有の背後に回り、左の前腕を有の首元に懸けた。

いや、懸けたというのは表現が控えめ過ぎる。まさに、片腕を凶器に変えて、有の首を強烈な力で絞め上げ始めたのである。

ぐうっと、奇妙な声が有の閉じられなくなった口から漏れた。ずれた眼鏡が、なすすべもなく地面に落ちる。

たちまち喉《のど》を潰《つぶ》され、有はまともな声が出せなくなった。有は動転したまま、どうにかシリカの腕を緩めようと両手で抗《あらが》ったが、とても太刀打ちできるものではない。

「ちょ……なんでいきなり、あんたらがケンカを始めとんの。ちょっと、ねえ」

みかげは何が起こったかわからず、しばらく唖然《あぜん》と立ち尽くしていたが、有の顔が苦しげに歪《ゆが》み、みるみる赤らんでいくのを見て、魔法が解けたように大声を上げた。

「シリカ！　あかんて。手ぇ離し！」

目の前で起こっているのが遊びやおふざけではなく、シリカが本当に有を窒息させる勢いで首を絞めているのだと理解したみかげは、何とかして二人を引き離そうとした。といっても、小柄な彼女には、軽くジャンプして、有の首をギリギリと絞め上げるシリカの腕を、両手でポカポカと殴ることしかできない。

「……また……」

なおも同じ言葉を切れ切れに繰り返しながら、シリカは邪魔者であるみかげをジロリと見た。

ヒッとみかげは息を呑《の》む。まるで見えない糸に四方八方から搦《から》め捕られたように、軽く振り上げた状態から、両腕がびくとも動かなくなる。

両足も、地面に釘《くぎ》打たれた如くに一歩も動かせない。

その理由が本能的な恐怖であることに、数秒遅れでみかげは気づいた。

理屈ではなく、もうひとりの彼女であるところの脳が、手を出してはいけない、お前が死ぬことになるぞと激しい警告を発している。

(なんで？　なんでこんなことに？)

みかげは激しく混乱しつつも、大きな声でシリカの名を呼んだ。

有の首を絞め上げる腕の力は少しも緩めないまま、シリカは再び、みかげの顔を見据えた。

店の中でずっと見ていた、あの美しくも人懐っこいシリカの双眸《そうぼう》が、今はまったく異質なものに変わっていた。

シリカの瞳孔《どうこう》は驚くほど大きく開き、店内から漏れる灯《あか》りを反射するのではなく、むしろ根こそぎ吸い込んでいるかのようだった。

(闇……)

そんな言葉が、みかげの脳裏を素早くよぎる。

(また……またって何や？　この子、いったいどないしてしもたんや。何言うとんのや)

恐怖でみかげの脚が震え、動揺が思考を鈍らせる。

(きえん、て言うとった？　また、きえん……？)

必死で頭を働かせようとするみかげの前で、有の顔はもはや赤黒く変色していた。いつもは涼しげな顔が、微妙に膨らみ始めたようにすら見える。

「シリカ、お願いやから。有ちゃん、死んでしまうて！　はよ、離したって」

必死で絞り出すみかげの懇願に耳を貸すこともなく、シリカはますます有の首を絞める腕に力を込め、「また」と繰り返しつぶやき続ける。

その声を、有はどこか遠いところから聞こえるように感じていた。

息を吸い込もうとしても吐こうとしても、シリカの腕が有の気管を完全に押し潰していて、まったく思うようにはならない。

(くそ……まさに教科書どおりか)

そんな間の抜けた感慨が、霞《かすみ》がかかったようにぼんやりし始めた有の頭に浮かぶ。

首を絞められたとき、容易《たやす》く閉塞《へいそく》する内頸動脈《ないけいどうみゃく》に対し、椎骨《ついこつ》の中を上行する椎骨動脈は守られ、脳への血流をかろうじて保つことができる。

だがそれも、脳を十分に養える血液量は供給できないので、脳へのダメージは確実に進行していくのだ。

そんな、法医学の講義で毎年学生に教えていることを、まさか我が身で経験するとは思わなかった。

他人に言えば「何を呑気《のんき》なことを」と呆《あき》れられるようなことを考え、有は実際にはかなわない溜《た》め息を、心の中でついた。

いったい、何がシリカをこんな行為に走らせたのか、有にはわからない。

彼にわかるのは、このままでは自分が死ぬということ。

自分を殺すのはシリカであるということ。

みかげに多大な迷惑をかけてしまうであろうこと。

そして何より、シリカを託してくれた天河陶子の期待に応《こた》えられないことだ。

（天河先生……申し訳ありません。僕は、シリカを預かるに足る人間ではなかった。こんなことになってしまって……）

有は、心の中で陶子に詫《わ》びる。自己嫌悪が、苦しみの中でも胸を焼いた。

さっきまではハッキリ聞こえていたみかげの声が、よく聞き取れなくなってしまっている。

無数のセミが脳内で鳴いているような、おそらくは酸素欠乏がもたらす酷《ひど》い耳鳴りが、頭の中に響き渡っているせいだ。

（僕が死んだら、シリカはどうなってしまうんだ。いけない。彼に僕を殺させるわけにはいかない。それだけは駄目だ。だが……だが、どうすれば）

狼狽《ろうばい》と焦燥のうちに、有の意識は混濁し始める。両手が、力を失ってダランと垂れた。膝《ひざ》からも、ゆっくりと力が抜けていく。

（死ぬ前は、走馬《そうま》灯《とう》が見えると聞いていたのに。何も見えない……。何も）

視界が、ゆっくりと闇に閉ざされていく。

「〇×△！」

凄《すさ》まじい耳鳴りを貫くように、最後に何かみかげが甲高い声で叫んだような気がする。

だが、それがどんな言葉だったか理解するより先に、有の意識はぷつりと途切れた。

4

目の前に、誰かが立っている。

地面に倒れ伏した有は、その誰かの足元だけを見ている。

おそらくは、女性の足だ。

幾分筋張った下《か》腿《たい》は、足首がキュッと締まっていて、靴はいわゆるパンプスだった。

紫色の革には上品な光沢があり、高いヒールの先端は刺さりそうに細い。つま先部分は鳥のクチバシのようにシュッと尖《とが》っていて、それ自体、靴というよりは、足を包み込む不思議な生き物のような独創性のあるデザインだ。

（この靴、見たことがある）

硬い岩のような床面に身体を投げ出したままの有は、見事な靴を眺めながら、ぼんやりと思いを巡らせた。

（どこで見たんだったか。店……いや、違うな。母の持ち物でもない。母は、こんな歩きにくそうな靴は履かない主義だった。だったら）

「自己表現のツールは人によって異なるけれど、私の場合は、靴ね。残念ながら、なかなかいつもそんな風ではいられないけれど、願望としては常に凜々《りり》しくありたい。だから、きりりと気持ちが引き締まる靴を履くわ」

そんな声が脳裏に甦《よみがえ》り、有は懐かしさに顔をほころばせた。

（そうだ、天河先生の靴だ。「歩きにくくないですか」と訊《たず》ねたら、「勿論《もちろん》、歩きにくいわよ！」と仰《おっしゃ》っていた、あのときの靴だ）

有が自殺を図って無様に失敗し、N医大で入院治療という名目の監禁生活を送っていたとき、陶子は訪ねてくるたび、実に個性的な靴を履いて現れた。

その中でも、一、二を争うインパクトだったのが、今、有が見ているパンプスだ。

（ということは……ここにいるのは、天河先生。そうか、僕は死んだんだな。だから天河先生が、僕を詰《なじ》りに来られたのか。あの世でも、お気に入りの靴を履いて）

悲しみと懐かしさ、情けなさが、有の胸の中で渦を巻く。

せめて、陶子の顔を見て、シリカの面倒をきちんと見られなかったことを謝ろう。謝って済むようなことではないが、そうせずにはいられない。

顔は、酷く怠《だる》くて力の入らない両手を地面につき、どうにか身を起こそうとした。

だが、そんな彼の鼓膜を打ったのは、懐かしい、少しハスキーな声だった。

「顔を上げないで。今の私の顔を見てはいけない。見たら、あなたは戻れなくなってしまうから」

聞き間違えようのない、有にとっては唯一無二の恩師の声である。

「先生。僕は」

顔を上げて、ここにいる陶子の顔が見たいという欲求は強かったが、彼女の教えに背くことはできない。

有は理性を総動員して陶子の靴を凝視したまま、とにもかくにも、シリカを途中で放り出すことになってしまったと詫びようとした。

だが陶子は、有にそれ以上喋《しゃべ》らせず、生前と同じ、ハキハキした口調で言った。

「あなたを返すまでに、そんなに猶予がないの。だから、聞きなさい」

「……えっ？」

「あなたは、よくやってくれている。自分を責める必要はないわ。それを忘れないで」

「でも、僕は」

「あなたは、生きてシリカの傍にいてやって。あなたのことは、責任を持って私が返します。だから……お願い。シリカのこと、何が明らかになっても、あの子を見捨てたり、必要以上に恐れたりしないでやってね」

恐れたり、という言葉で、有の身体は、さっき、シリカに首を絞められたときの苦しさを思い出す。

恐れるなと言われた端から、有の身体は甦った恐怖で震えた。

「先生。シリカは、いったい」

「少しずつ。少しずつ、あなたにもわかる。杉石先生。あなたは弱いけれど、根気強くもある。いきなりシリカのすべてを背負うことはできなくても、あの子が抱えているものを、一つずつ繙《ひもと》いていくことはできると信じている」

「……ひとつ、ずつ」

「そう。本当は、私が背負って歩き続けるはずだった重い荷物を、シリカとあなたに二人で受け継いでもらわなくてはならないことを、申し訳なく思う。私のエゴに、あなたを巻き込んでしまった。でもね、杉石先生。……ちょっと目を閉じていて」

言われたとおりに有が目をつぶると、髪の上から、何かが有の頭に触れた。

陶子の手が、自分の頭を撫《な》でているのだと有が気づくと同時に、さっきよりうんと近いところから、陶子の囁《ささや》きが聞こえた。

「信じてほしいのだけれど、これは嘘やごまかしではないのよ。あなたに出会ったとき、何故か、放っておけないと思った。与えられた職務の領域を超えて、あなたの心の底に触れたいと思った」

「……先生」

「そして、シリカは、本当はもっと先の先まで、手を引いてあげたかった子。それは叶《かな》わなかったけれど、あなたとシリカが二人で支え合い、補い合いながら歩き続けてくれるなら、私はとても安心よ」

陶子の手が、有の頭から離れる。それと同時に、彼女の声も遠ざかった。

「あなたは、もっと自分を信じて、愛して。シリカはきっとその方法を、あなたに教えられる。どうか、あの子の手を離さないで」

「……天河先生！」

有はたまらず、目を開けた。

彼の目に映るのは、彼に背を向け、遠ざかっていく陶子の足元だった。

「先生！　僕は、先生にお訊《き》きしたいことがあって……！」

有はさっき、顔を見てはいけないと言われたことを忘れ、陶子を追いかけるために、起き上がろうとする。

だが、それまで恐ろしいほど硬かった床面が、突然、溶けたアスファルトのようにぐにゃりと柔らかくなった。

床についた有の手が、包み込まれるように手首まで床に沈んだ。それと同時に、有の身体もまた、奇妙にとろけた床にずぶずぶと呑《の》み込まれていく。

身をもがいても、沈下は止まらない。有の腹が、胸が、そして顎《あご》が、妙に温かな、オートミール粥《がゆ》のような床に吸い込まれていく。

「天河、先生……っ！」

「せ……ん、せい……っ！」

有の必死の呼びかけに、陶子は振り返ることも、歩速を緩めることもない。

なすべもなく、有の最後まで残されていた頭部も床に沈み、視界のすべてが滲《にじ》んだ黄土色に染まり……。

そして。

「……ッ！」

有は、覚醒《かくせい》した。

心臓が早鐘を打ち、呼吸は荒い。息を吸い込むたび、喉《のど》が焼けつくように痛み、息を吐くと、血の味が口の中に広がる。

さっき、床に吸い込まれる前と同じように、全身が重く、怠い。心臓の鼓動に合わせて、頭が割れるように痛む。

「……ぅ」

夢と違うのは、喋ろうとしても、掠《かす》れた、吐息のような声しか出すことができないことだ。

頭を上げようとしても、首に激痛が走る。呻《うめ》きながら、それでも必要最低限の眼球と顔の動きで、有は自分の置かれた状況を把握しようとした。

実際、目に映るものは、見慣れたものばかりだ。

白い天井、白い壁、明るい色の木製のキャビネット、そして、白いシーツに覆われたベッド、それを半分ほど囲っているクリーム色のカーテン。

天井に据え付けられた、むき出しの殺風景な蛍光灯を見上げ、有は陰鬱《いんうつ》な息を吐いた。

(病室、か)

どうやらここは、病棟の個室のようだ。

どこの病院かはわからないが、部屋の調度品はさほど古くはないように見える。

(さっきまでのは、夢だったのか)

たとえ夢の中でも、恩師である天河陶子に再会できるのは嬉《うれ》しい。だが、真っ先に見えた彼女の姿が「足元」だったことに、有は自分のことながら失笑を禁じ得ない。

(先生の顔ではなく、靴のほうが印象深かったということなんだろうか。いや、それより)

「どうか、あの子の手を離さないで」

耳の奥に、夢の中で聞いた陶子の最後の声が木霊する。

(そうだ、シリカ！)

有は自分の体の状態を忘れて跳ね起きようとし、そして頸部《けいぶ》の痛みにたちまち苦悶《くもん》の声を上げながら、再びベッドに倒れ込んだ。

そのとき、音もなく引き戸を開けて入ってきたのは、真壁みかげだった。

「あー！　あかんて、動いたら」

みかげは苦しげに呻いている有の姿に、慌てて駆け寄ってきて、彼を仰向《あおむ》けに横たえ直した。

「ずっとぐうぐう寝とったくせに、人がトイレ行った隙に起きるとか、あれへんやろ。ほんまにもう」

そんな不平を口にしながら、みかげは手を伸ばし、有の枕元にぶら下がっているナースコールのボタンを押した。

すぐにやってきた看護師は、有が目覚めているのを見て、明るい笑顔になった。

「杉石さん、大丈夫ですからね。朝になったら、あらためて先生の診察と検査がありますから、それまでゆっくりお休みください」

そう言いながら、テキパキと有の体温や血圧、心拍をチェックし、最後に点滴のパックを新しいものに交換した看護師は、みかげに軽く一礼し、去っていく。

「まかべ、さん」

有は、必死で掠れ声を絞り出した。

「あー、喋《しゃべ》らんでええて。喉、思いきり潰《つぶ》されたから、声帯も傷んでるんやって。喋らんと安静にしとったら元に戻るやろって夜勤の先生は言うてはったから、まずは黙っとき。ちょっとだけ、頭起こすで。痛かったら、手ぇ上げて教えてな。歯医者さんみたいやけど」

いつものように軽口を叩《たた》きながら、みかげは有のベッドの足元へ回った。そして、身を屈《かが》めると、ハンドルをぐるぐると回し、ゆっくりとベッドの上半身を起こしていく。

「……つっ」

自分のつま先がかろうじて見える程度まで頭を上げると、もうそれだけで首がズンと重い痛みを訴えてくる。

「あ、この辺が今夜は限界かな。けどまあ、これでいちばん見たいもんは見えるやろ、ほら」

みかげはそう言うと、有の真正面、つまりベッドの頭側と反対側の壁際を指さした。

しかし、有は力なくかぶりを振った。そして、人差し指で自分の目もとを指さす。

「は？　何？」

盛大な顰《しか》めっ面《つら》で有のベッドサイドにやってきたみかげは、しばらく考えて、噴きだした。

「あー！　メガネメガネ！　いう奴やな。気の毒やけど、有ちゃんの眼鏡、シリカに首絞められた拍子に、地面に落ちたんやな。そんでたぶん、倒れた有ちゃんが、自分の身体の下敷きにしてしもたんや」

ああ、と絶望の息が、有の口から漏れる。

「レンズはかろうじて割れてへんのやけど、全体的に相当メキョってしもててな。一応拾ってきたけど、ないよりはマシやろか」

そう言うとみかげは自分のショルダーバッグを漁《あさ》り、本当に無惨な有様の眼鏡を有に差し出した。

鼻パッドは金具ごと失われているし、レンズにはこっぴどい擦り傷が無数に入っている。ブリッジもテンプルも手では直せないほど歪《ゆが》んでしまっている。

もはや有自身よりも、なくてはならない眼鏡のほうが瀕死《ひんし》の体である。

ひどい、と有は口の動きだけで嘆いた。みかげは、あはは、と力なく笑う。

「眼鏡に関してだけは有ちゃんの自損事故やからなあ。しゃーないわ。けど、目に当てたら、ちょっとは見えるん違う？」

促され、有は眼鏡を手に持ち、眼球に近づけてみた。

鼻パッドがないせいで、レンズと眼球の適切な距離がわからず、視界がゆらゆらして船酔いのような気分になる。それでも、どうにか「見える」ポジションを見出《みいだ》した有は、さっきみかげが指し示したほうにゆっくりと視線を向けた。

（ソファー……）

有のベッドの足元から少し離れたところに、いかにも無理やり詰め込んだ感じの、小さなローテーブルと、二人がけのソファーが置かれている。

そのソファーの上に、長い手足を折り畳み、まるで胎児のようなポーズで眠っているシリカの姿を認め、有は自分の状態を忘れ、再び身を起こそうとした。

「シリカ！」

声にできない叫びが、有の口から木枯らしのような音になってこぼれ落ちる。

「あーかーんーてー」

だが、みかげが一足早く、有の胸元を両手で押さえ、しっかりと制止した。

「あんな。あれからお店の人が飛び出してきて、救急車呼んでくれはったんよ。有ちゃん、救急搬送されたんやで。ここ、六甲の……」

　みかげは、六甲山の麓《ふもと》にある私立総合病院の名を挙げた。

「そんな……ところに」

「うん。個室の空きがあって、よかったわ。差額ベッド代はなかなかやけど、個室やなかったら、私やシリカが一緒におることも許可してもらわれへんかったやろし。勝手にあれこれ決めてしもて、堪忍な」

　みかげに謝られては、有の立つ瀬がない。せめて感謝の思いを伝えたくて、有はぎこちなく痛む首を振る。

「とりあえず、レントゲンとCTで、脳や頸椎《けいつい》に深刻な……それこそすぐ死ぬとか、首から下が麻痺《まひ》するようなダメージはないやろっちゅうことやったけど、今夜の当直の先生、一般外科らしいからな。明日《あした》、専門の先生に診てもらうまで詳しいことはわからんのやし、油断は禁物やで。今夜は安静にしとき。あと、何やったっけ。滅茶苦茶《めちゃくちゃ》運が悪かったら起こるアレ。千円札……やのうて」

「遷延性窒息」

　有が吐息で告げた医学用語に、みかげは「それ！」と言った。

「なんや、窒息して復活して、あーよかった言うとったら、脳のダメージが実は酷《ひど》うて、あとから急に具合悪うなったりするんやろ。それも警戒せなあかんからて。まあ、何日間かは入院やな」

　テンポよく喋るあいだも、体重をかけてずっと自分の胸元を押さえているみかげは、近くで見ると酷く疲れた顔をしている。それに気づき、有は必死で掠れ声を振り絞った。

「すまない。君に、たいへんな迷惑を」

「あーあーあー、そういうんは、ちゃんと声が出るようになってから、山ほど聞くから。今夜は黙っときって。はい、水飲みながら、私の話を聞いとって」

　みかげはやっと有から手を離し、冷蔵庫を開けた。ミネラルウォーターのペットボトルの蓋《ふた》を開け、長いストローを差して、有に差し出す。

「手ぇ、痺《しび》れたり、動かしにくかったりせえへん？　よっしゃ、ほな、飲んで。あれから何がどうなったか、知りたいやろ。順番に話すわ」

　ソファーの上ですやすやと眠るシリカを見ながら、みかげは、シリカに首を絞められ、有が意識を失ってからのことを語り始めた。

「有ちゃんがグンニャリしても、シリカ、有ちゃんの首を絞める腕の力を全然抜かんかってん。もう、どないしようかと思うたんやけど……。有ちゃん、覚えとる？」

　何を、と言いたげに、有は瞬《まばた》きをする。「ほら」と、みかげは人差し指を立てた。

「今、シリカがぐっすり寝てるから声に出して言えるんやけど……ほら、あの子、言うとったやろ。『また』と『きえん』て、何度も繰り返して」

ああ、と声を出し、有は僅《わず》かに顎《あご》を上下させた。

確かに、シリカの様子が突然おかしくなったあのとき、彼はその二つの言葉を譫言《うわごと》のように言い続けていた。

「あれは、いったい」

だんだん、有が声を出そうとしなくても、唇の動きだけで言いたいことが読み取れるようになってきたらしい。みかげは、「我ながら名探偵違うかと思うねんけど」と胸を張って、それでもシリカには極力届かないようなヒソヒソ声で言った。

「思えば、離れたとこで採《も》めとった四人がでっかい声で言うたスペイン語の『マタドール』っちゅう言葉を聞いた瞬間、シリカの様子がおかしゅうなったと思うねん」

「！」

（まさか、シリカが言っていた「また」というのは、「マタドール」の「また」なのか？　そんなことが？）

有の驚きと疑念は、表情から伝わったのだろう。みかげは、真剣な面持ちで、いっそう声を落とした。

「有ちゃん、『マタドール』って言葉の意味、知っとる？」

とう、ぎゅう、し、と有は口の動きで答える。みかげは頷《うなず》いた。

「そや。闘牛士。そやけど、『マタドール』って言葉をバラすと、『ドール』は、『何かをする人・物』っちゅう意味やねん。……そんで、『マタ』は、『matar』、つまり、『殺す』っちゅう意味や。マタドールは、『牛を殺す人』やもんな。そのまんまの言葉なんよ」

「……！」

有は、頭のてっぺんから冷水をかけられたときのように、全身が震えるのを感じた。

取り落としそうになるペットボトルを、みかげが絶妙なタイミングで奪い取る。

「そんでな、『きえん』も、スペイン語ちゃうかと思うて記憶を辿《たど》ったら……『quien』、つまり『誰』っちゅう意味やねん」

（つまり、『また、きえん』は、『殺す、誰』という意味……）

「そや。あの子、日本語が少したどたどしいけど、他の言語はどうなん？　たとえば、スペイン語については、めっちゃシンプルな単語しか知らん、みたいな」

「……………」

有は、無言で唇を噛《か》んだ。

みかげは知らないが、シリカには、劣悪な環境に閉じこめられて虐待され、「仕事」をさせられていた過去がある。

そのとき、彼がどこの国にいたかはわからないが、もし、スペイン語で必要最低限の単語のみを使って命令を受けていたとしたら。

その命令の内容が『matar』、つまり『殺害』であり、それを受けたシリカが発することを許されていたのが、『quien』、つまり『誰』がターゲットか、という質問だったとしたら。

(……馬鹿な。まるでドラマじゃないか)

そんな話が現実世界にあってたまるかという気持ちと、先刻、我が身で味わったばかりの、シリカのあまりにも鮮やかな「殺し」の手管の記憶が、有の心の中で激突し、激しい渦を巻く。

そもそもシリカ自身が、恐ろしく現実離れした人物なのだ。何があっても、「ありえない」とは言えない空恐ろしさを感じて、有は無意識に身震いする。

「ごめんな、具合悪いときに、変なこと言うて。ただの推測やから。間違ってたら、それに越したことはあれへんから。……ただ。ただ、な」

みかげはサイドテーブルにペットボトルを置くと、パイプ椅子ではなく、有のベッドの縁《へり》に腰を下ろした。そして、有の顔にいっそう自分の顔を近づけ、押し殺した声でこう続けた。

「シリカが腕の力を緩めんかって、何とかせんとあかんと思うたとき、今言うたようなことを考えて、ほんで咄嗟《とっさ》に閃《ひらめ》いたんや。めちゃくちゃ短い言葉やったら、通じるかもしれんて」

「…………?」

「私な、やけっぱちで『fin』て叫んでん。スペイン語で『終わり』って単語。例文ですらない、ただの滅茶苦茶短い単語。そしたら、シリカが急に全身から力を抜いて、地面にへたり込んだんよ。それ、偶然やと思う？　どうなんやろか」

有の、我知らず握り締めた手のひらに、じっとりと汗が滲《にじ》む。

（低温室でパニックに陥った夜、シリカが、眠りに落ちる前に言っていた。「しごとは……おしまい」と。「fin」……「終わり」……。「誰かを」「殺して」「終わり」。まさか、それがシリカの言う、「仕事」なのか？）

衝撃を受ける有とは対照的に、みかげは冷静に話を進めた。

「たとえば、日本語にも『また』っちゅう言葉はあるけど、それであの子がおかしゅうなったことある？」

有は顔つきでそれを即座に否定する。うーんと口元に手を当てて考えながら、みかげは言った。

「確かに、日本語の『また』と、スペイン語の『matar』は、発音が違うもんな。スペイン語の『matar』を正確に聞き分けて反応したっちゅうことなんやろか。ほら、あの子、聴覚に特性あるんやろ？」

みかげは自分の耳を指さした。

「レストランでは気ぃつかんかったけど、ここで一緒におるとき、あ、耳栓しとるって。聴覚過敏か何か？」

有は、みかげの観察眼に舌を巻きつつ頷く。

「そっか。もしかしたら、過敏なだけやのうて、鋭敏でもあるんかもな。そやなかったら、『また行こや』って言うただけで、あの子が暴れてしまうことになるもんな、この推論やと。そうやないっちゅうことは、やっぱし言語の聞き分けか」

　そこで言葉を切って、みかげは思慮深い大きな瞳《ひとみ》で有をじっと見た。

「なあ、有ちゃん。あの子……シリカは、何者なん？」

　探るように問いかけた彼女の顔は、蛍光灯の白々した光のせいもあるのだろうが、やけに青白かった。

　有を元気づけようと明るく振る舞ってはいるが、わけがわからないまま、たったひとりで有とシリカ、二人の面倒を見る羽目になって以来、ずっと気を張り続けていたに違いない。

　声で彼女を労《いたわ》り、詫《わ》びることができない有は、思いきって重い腕を上げ、みかげの肩に手を置いた。

　セクハラだと咎《とが》められるかもしれないと思ったが、どうにか気持ちは伝わったらしい。みかげは小さく微笑み、「続きは、有ちゃんが元気になって、ちゃんと喋《しゃべ》れるようになってからやな。議論も追及も、相手が喋られへんと埒《らち》があかん」と、再び明るい声を出した。

　肩に置かれた有の手に自分の手を重ね、二度ほどぽんぽん叩《たた》いてから、みかげは勢いよくベッドから下りて、パイプ椅子に移動した。

「今夜は、ハッキリした事実だけにしとこ。とにかく、シリカが有ちゃんから離れて、救急車が来て、三人で乗り込んだんはええけど、そっからが大変やったんよ。みかげ様は今夜、名探偵でもあり、詐欺師でもあったんやで」

いったい何があったのかと、有は視線で先を促す。眼鏡のことはとうとう諦《あきら》めて、枕元に置いてしまった。

「有ちゃん、首絞められましたって正直に説明せんとしゃーないやん。当然、救急隊は、処置が一段落したら、警察呼ぶやん。警察、病院で待ってるやん。有ちゃんが処置室に吸い込まれた後、私とシリカは廊下で事情を聞かれたわけよ」

言われてみれば、当然の流れだ。法医学者のくせに、そこにすぐ思い至らなかった自分を、有は心の中で存分に罵倒《ばとう》する。

「いやいや、病人がそんな険しい顔せんといて。何とかなったんやから。……事情聴取言うても、シリカはずっと放心状態でなぁ。何聞かれても反応せえへんかって、警察の人も困ってしもて。ほんで私、大嘘ついてん。シリカには、ほんま申し訳ない大嘘」

それは？　と、有は視線で問いかける。

「シリカはちょっと病気があって、感情のコントロールが難しいことがたまにあるんやって言うてん。それが今夜は急に起こって、不幸な事故が起きてしもたんやって。ほんまゴメン。傷つくやんなあ、そんなデタラメ言われたら。けど、他に切り抜ける方法、思いつかれへんかって」

「それで？」

掠《かす》れ声で短く続きを求める有に、みかげは済まなそうに肩をすぼめて続ける。

「とにかくこれはアクシデントで、絶対に事件やない、もう落ちついたから大丈夫やって言い張って、今夜んとこは帰ってもろた。とはいえ、私はただの友達やから、説得力が今一つ足りんかった。また後日、有ちゃん本人から話を聞く言うとったから、悪いけど、話を合わせてくれたら助かるわ」

有は、静かに頷いた。

だが、頭の中では、彼は東灘署の日長に連絡して、どうにか助けを乞《こ》うことを算段していた。あのバイタリティ溢《あふ》れる人情家の日長ならば、所轄外のことでも、人脈を駆使してどうにか揉《も》み消してくれるかもしれないと考えたのだ。

「そうこうしとるうちに、有ちゃんが病室に運ばれて、私らも今夜は特別に付き添うてええことになって。この部屋に入ってしばらくして、やっとシリカが元の状態に戻ってきてな。有ちゃんがベッドに寝かされてるん見て、めちゃくちゃ取り乱して」

みかげは再び、ソファーで眠るシリカを痛ましげに見やった。

「誰がやったんやって騒ぐから、もうしゃーないやん。あんたやでって。そしたら、可哀想に、泣いてなあ。当たり前やけど、死ぬほどショックやったんやろな」

その光景が目に浮かぶようで、有の胸は鋭い刃物に幾度も突かれ続けているように痛んだ。

「頑張って慰めたんやけど、あの子、泣いて泣いて、くたびれて寝てしもたんよ」

ほんまに要らんことばっかしでゴメンな、と繰り返し謝るみかげに、有は痛みをこらえ、ハッキリと首を横に振った。

「ありがとう」

囁《ささや》きより小さな声だが、どうにかみかげには聞き取れたらしい。「どういたしましてや」と言って、彼女は小さく微笑んだ。

「もう、大丈夫だから」

これ以上、みかげを自分たちのことに付き合わせるわけにはいかない。有はそう思って、帰ってくれて構わない、という意思を伝えようとしたのだが、みかげは悪戯《いたずら》っぽく笑って、自分のスマートホンの液晶画面を有の鼻先に突きつけた。

時刻を確かめ、有はしまったという顔つきになる。

「……あ」

「そやねん。さっきからつい、明日《あした》明日って言うてしもてたけど、もうとっくに日付、変わってんねん。京都までタクるんは現実的やないし、何より、有ちゃん」

みかげは、何かを思い立ったようなキリッとした表情で、有の顔を覗《のぞ》き込んだ。

「有ちゃんは何日か入院せんなんし、いつまでもシリカを病室に泊めるわけにもいかへんやろ、病院的に」

「……確かに」

唇の動きで同意する有に、みかげはこう切り出した。

「こんなん言うたら、また有ちゃん渋ったり遠慮したりすると思うけど、最初に言うとくわ。ガン無視するから」

「…………？」

「私、ここしばらく仕事が忙しゅうて、夏休みまだ取ってへんねん。明日、もとい今日から取る。ほんで、有ちゃん家《ち》で、シリカと一緒に有ちゃんの退院を待つわ」

「……な！」

　思わず驚きの声が出てしまい、有は激しい咳《せき》の発作と喉《のど》の痛みで悶絶《もんぜつ》する。みかげは、慌てて有の背中をさすった。

「声出したらあかんて言うてんのに、医者のくせに聞かん子やな！　まあ、そういうリアクションやとは思うてたけど、落ちついて考えてみいな？　他に選択肢、ある？　私、今日、いや、昨日、ああもうめんどくさい、どうでもええわ。とにかく、シリカと知り合ったばっかしやけど、あの子の危なっかしさはそれなりにもうわかっとるで。物凄《ものすご》くええ子やけど……あんましええ言葉やないけど、敢《あ》えて言うわな。『普通』ではないやろ、色んな意味で」

　さんざん迷惑をかけたみかげにそうズバリと指摘されてしまっては、有としては、否定のしようも誤魔化しようもない。

「あの子、ひとりにはしとかれへんやろ？　そやな、とりあえず有ちゃんの入院中、面会時間内は有ちゃんの病室に連れてくるわ。ほんで、一緒に帰ってごはんを食べさして、お喋りしたり、一緒にテレビ観たり。そのくらいのことしかできへんけど、実際、そのくらいのことをする人間、必要違う？　もしかして、他にあてがあるんやったら、勿論《もちろん》私やのうてええけど……」

有は、力なく「いや」と否定する。

こんなときに、知り合いが少ない自分の不甲斐《ふがい》なさを有は痛感する。

そして確かに、シリカと相性がよさそうなみかげに入院中のシリカの世話を頼めれば、こんなに心強いことはない。

しかし、有には別の懸念があった。

有は、手振りでみかげに筆記用具をくれと頼み、差し出されたメモ帳に事情を書き付けた。

まずは三週間前、自宅に賊が押し入ったこと、まだその賊は捕まっておらず、正体に見当もついていないこと。

次に、独身女性のみかげが、やはり独身男性のシリカと二人きりで一つ屋根の下に寝起きするのは如何《いかが》なものか、ということ。

一つ目の事情は真顔で読んだみかげだが、二つ目に目を通すなり、「親か！」と笑い出した。

『笑いごとでは』

と走り書きで抗議した有に、みかげはまだ笑みを残した顔で言い返す。

「ルームシェアて知ってる？　有ちゃん。今どきは、別に恋仲でも何でもない男女が住まいを分け分けして住むん、そこまで珍しゅうはないんやで」

『それは知っているが、しかし』

「まあ、シリカの行動が予測しきれんっちゅう意味で、心配するんはわかる。鍵《かぎ》がついてる部屋があるんやったら、寝るときは必ず鍵かける」

『鍵は、僕の寝室にはある。賊が来たあと、つけた』

「ほな、その部屋を借りるわ。それでちょっとは心配が減るやろ？　賊のことは確かに怖いけど……ふむ、今、警察がパトロールしてくれて、ホームセキュリティも入ってんねんな？　ほなまあ、丸腰ではないわけや」

『それはそうだが』

　みかげは、ちょっと悪戯っぽく笑って、三たびシリカのほうを見た。

「実際んとこ、さっきのあのプロのボディガードみたいなアクション見たら、シリカがおるんが、いちばんのセキュリティ違う？」

　有は、みかげのそのポジティブそのものの発想に驚いて目を見張った。

『君は、僕の首を絞めるシリカを見ていたのに、彼が怖くないのか？』

　荒い筆致でペンを走らせる有に、みかげは真顔で答えた。

「怖いに決まってるやん。平気やったらちょっとそれはそれで問題あんで？」

『だったら、どうして』

「あの子と、友達になったからや」

有の疑問に、みかげは短く答える。

「有ちゃんとN医大で友達になったとき、有ちゃんの素性なんか知らんかったやろ。どんな子ぉかもわからんかった。それでも、なんやええ感じやなって思ったから、仲良うなった。有ちゃんもそうやろ？」

みかげが何を言わんとしているか理解できず、有は頷《うなず》く代わりに瞬《まばた》きする。

「シリカとも同じや。有ちゃんが、シリカのことを私に詳しゅう教えたくないと思ってるんは、何となく感じてた。それはそれでええねん。詮索《せんさく》する気はあれへん。けどバックグラウンドなんか知らんかっても、シリカがええ子なんはすぐわかった」

有は少し迷ったが、再びメモ帳にペンを走らせる。

『シリカも、すぐに君を好きになったようだった』

「そやろ！ みかげ様は魅力的やからな！」

ぱつんと切り揃えたボブカットを片手でさらっと掻《か》き上げ、みかげはへへっと照れ笑いした。

「私はお節介やから。好きやって思った子のことは、ほっとかれへんのよ。そやから、このまま、ほなな〜って背中を向けて帰るんは無理」

『僕にも、シリカについてはわからないことが多すぎる』

有はとうとう諦《あきら》めて、正直に打ち明けた。メモを見て、有の顔を見て、みかげは「そうなん？　私に隠してるだけじゃなくて？」と驚いた様子を見せる。

『本当に、わからないことだらけなんだ。天河先生は、彼についてほとんど何の情報も遺《のこ》さなかった』

「そうなんや。ほな、有ちゃんもずっと手探りであの子と付き合ってきたん？」

　有は頷き、さらにペンを走らせる。

『君の申し出は嬉《うれ》しいが、君の安全を、僕は保証することができない。君をこれ以上巻き込むのは』

　有が書く文字をリアルタイムで追いかけてきたみかげは、そこまで読んで、有の手からメモ帳を取り上げた。

　そして、彼が書いたばかりの一枚をむしり取ると、クシャクシャと手の中で丸めてしまう。

「！」

「そういうん、やめーや」

　みかげは、初めて少し怒った顔で言った。

「無意識なんやろけど、そういうのも『上から目線』なんやで、有ちゃん」

「…………？」

「私は、巻き込まれてるん違うねん。自分から、ガスッと頭を突っ込んでんねん」

　きつい調子でそう言い放つと、みかげはやや乱暴に、有の手にメモ帳を返した。

「大人として、自分がやりたいこと、やらずにおれんことを、リスクも何もかんも承知の上でやろうとしてるだけや。巻き込むとか、何様やねんな。私に失礼やで」

有は驚いて、ただ、初めて見るみかげの怒り顔を見つめることしかできない。

そんな有の様子に、みかげは少し表情を和らげ、こう続けた。

「言うたやろ、お節介やって。……これでも、悔やんでるんよ。宮入ソウスケの事件のとき、有ちゃんが当事者やって知ってたのに、何もせんかったこと」

突然の告白に、有は声を出さず、ただ唇の動きだけで、みかげの名を呼ぶ。

「実際、大したことはできへんかったやろってのはわかってる。私も、そこまで自分を過大評価はしてへん。けど、長らく会《お》うてへんからとか、会うても何言うてええかわからんとか、ただただ気まずいとか、仕事が忙しいとか、色々言い訳つけて動かんかったこと、正直、ずっと心に引っかかっとった。こないだ有ちゃんに再会して、その気持ちがぶわーっと甦《よみがえ》ってな」

『君が気に病むことじゃない』

有は、やっとのことでそう書いて、みかげに差し出す。だが、みかげはきっぱりと首を横に振った。

「そばに行きさえすれば、もしかしたら一つくらい、できることがあったかもしれへん。それやのに、私は何もせんかった。……有ちゃんは、自殺し損ねたから、天河先生との出会いがあったから、今こうして生きとってくれるけど、一歩間違えたら、もう墓石になっとったわけやろ。あ、墓石になるわけでは、って突っ込みは要らんで。今、そう書こうとして手ぇピクッとさせたやろ」

　おそらくは照れ隠しに茶化しながら、みかげはしみじみと有を見た。

「有ちゃんが死んでしもとったら、私、一生、会いに行けばよかったって悔やむしかなかったんや。けど、今、有ちゃんは生きてて、危なっかしいけど絶対ええ子のシリカが一緒におる。そんで、二人のためにできることが、今の私にはハッキリとあんねん。それやったら、今度こそ、やるだけや」

　今度はみかげの温かな手のひらが、有の前腕にそっと置かれる。

「鬱陶《うっとう》しいかもしれんけど、今はやらして。頼って。私の自己満足に付き合ってほしい」

「真壁さん……」

「しゃべったらあかんて言うてるやろ。納得してくれたんやったら、有ちゃんはもろもろ諦めて、朝までゆっくり寝えや。……シリカは」

　みかげはいっこうに目覚める気配のないシリカを見て、少し考えてからこう言った。

「今晩は、このままここで寝かせとこか。朝になったら、また私、戻ってくるし。シリカもその頃にはさすがに起きるやろ」

　そう言って、彼女は有の腕から手を離した。

「今夜だけは、神戸に来たときいっつも泊まるホテルに部屋取れたから、そこで寝るわ。何かあったら、スマホに連絡して？　喋《しゃべ》れんかっても、メッセージ飛ばしてくれたらええんやし」

有は頷き、メモ帳に感謝の言葉を書き付ける。

『ありがとう。君がいなかったら、どうなっていたことか』

それを読んで、みかげはいつもの彼女らしく、大きな口でニヤッと笑う。

「そやろ！　その言葉、これから毎日言うことになるで、有ちゃん。ほな、おやすみ。また朝に。……言うまでもないやろけど、シリカが目ぇ覚ましたら、優しくしたってな」

そんな言葉を残して、みかげは病室を出て行った。

彼女ひとりで三人分くらいの存在感を放っていたのだな、と、急に静かになった部屋で有はつくづくと思った。

味気ない病室で聞こえるのは、どこかの病室で鳴っている医療機器のアラーム音、それに、シリカの静かな寝息だけだ。

（真壁さんは、シリカが泣いたと言っていた。今、どんな顔で眠っているのやら）

もう一度、眼鏡を取り上げてあれこれ角度や距離を変えて挑戦してみたが、やはり、裸眼視力が極端に弱い有には、壊れた眼鏡ではシリカの表情をハッキリ見ることがどうしてもできない。

諦めて、再び眼鏡を枕元に置いた有は、ふうっと溜《た》め息をついた。

みかげが去ってしまうと、頸部《けいぶ》の痛みをよりハッキリと感じる。

首に食い込んでいた、シリカの硬い腕の感触。

有の気管を押し潰《つぶ》し、内頸動脈《ないけいどうみゃく》を閉塞《へいそく》させたあの腕の力には、一切の迷いがなかった。ああした荒事に慣れている、とすら感じたほどだ。

（だが……）

その手際の良さに反して、有は、シリカから殺意や憎しみはまったく感じなかった。ただ、やるべきことを機械的にやっているだけ。

あのとき、呼吸困難と耳鳴りに悶《もだ》え苦しみつつも、有はそんな奇妙な印象を受けた。

（たとえああした暴力行為に慣れていたとしても、決してシリカの意志ではない。そういうことなんだろうか。真壁さんが言っていたように、スペイン語の簡単な単語で指示されたら、何らかのスイッチが入ってしまう……そういうことなのか？）

誰かから、強力な暗示を受けているのか。

あるいは、自分の意志をねじ伏せるような、強い条件付けをされているのか。

はたまた……ひとつの身体に天使と悪魔が同居する、いわゆる二重人格のようなものなのか。

仮説は浮かぶものの、どれもあまりにも現実離れしていて、真剣に考えるのが馬鹿馬鹿しくなるような話ばかりだ。

しかし、有の脳裏に、今の上司である虎目実郎の言葉が甦る。

「自分や周囲の人々の生活だけが『当たり前』だと思っていたら、見えないこと、見逃すことがたくさんある」

（そうだ。シリカがほんの少し打ち明けてくれた彼の過去は、決して僕にとっては「当たり前」の環境ではなかった。僕にとってはフィクションとしか思えないようなことが、きっと、世界のどこかでは本当に起こっている）

顔はハッキリ見えなくても、耳が捉《とら》えるシリカの寝息は、今は静かで安らかだ。しかし、彼がこれまで生きてきた道の過酷さ、それが今の彼に落とす影の濃さについて、きちんと向かい合うときが来たのかもしれない。

「シリカを、死から遠ざけて。モンスター」

ふと、天河陶子がおそらくは死の間際、愛読書の巻末に書き残したメッセージを思い出し、有は身震いした。

あのときはさっぱり意味がわからなかった文句だが、今なら、有は己《おの》が身の痛みをもって理解することができる。

天真爛漫《てんしんらんまん》に振る舞うシリカの心の奥底には、おそらく有がまだ知らない、濃密な死の世界があるに違いない。

だが、陶子の望む、シリカを「死から遠ざけ」るためには、どうすればいいのだろう。

(いや。手段より、まずは知ることだ。シリカの中の「死」に触れることなしに、そこから彼を遠ざけることはできないだろう。だが、そんなことが、僕にできるのか？)

みかげの機転がなければ、数時間前、有の寿命はなすすべもなく尽きていた。

そんな不甲斐《ふがい》ない自分に、いったい何ができるというのだろう。

「どうか、あの子の手を離さないで」

夢の中の陶子は、そう言った。だが、そんなシンプルな願いを叶《かな》えることすら、今の有には難しく思える。

(僕に、何ができるというんだろう。自分自身すら持て余す僕に、シリカのためにできることが……本当にあるんだろうか)

とりとめもない思考は、有の疲労を加速させる。

次第に重くなる瞼《まぶた》に誘《いざな》われ、有は泥のような重い眠りに落ちていった。

猫が、鳴いている。

子供の頃、祖父母の家にいた黒い子猫に似た声だ。

構おうとすると逃げるくせに、周囲に誰もいなくなると、寂しがって弱々しい声で鳴いていた。

あのときの声にそっくりだ。きっとどこかの子猫が、親とはぐれて不安がっているのだろう。

（こっちにおいで）

有は子猫を呼ぼうと、片手を上げた。

しかしその手は、力強い大きな手に包み込まれ、次いで、柔らかなものの上に置かれる。

（……子猫では、ない）

そう悟った途端、意識は急激に覚醒《かくせい》していく。

エレベーターの扉が開くように、有の目は、ゆっくりと開いた。

不用意に頭を動かすと、頸部が痛むことはわかっている。視線だけをゆっくりと巡らせた有は、目を見張った。

いつの間にかベッドサイドの椅子に、シリカが座っている。

彼は布団の上に上半身を伏せ、自分の頭の上に有の手を載せていた。

（これか）

「……にゃお」

（これか）

初対面のときのようなあやうい発音で、シリカは弱々しく有の名を呼ぶ。

（これか！）

夢と現実の安直なリンクに少し呆《あき》れつつ、有は、指先で柔らかなシリカの髪を探るように撫《な》でた。

「！」

シリカは驚いて顔を上げる。

「なお！」

カーテン越しに差し込む早朝の弱々しい光が、シリカの白い顔を薄暗がりに浮かび上がらせている。

「もう、夜明けだな」

少し眠れたからか、有の口からは、さっきよりハッキリした声が出た。

ただ、喋《しゃべ》るたびに、声帯が鋭い痛みを訴える。まるで、歩くたびに足が痛む人魚姫のようだと思い、そんな自分の馬鹿げた連想に、有は思わず苦笑した。

「なお！　痛い？　苦しい？」

「大丈夫だよ」

有の手をギュッと包み込むシリカの両手には、痛いほど力がこもっている。その手の上に、ボタボタと大粒の涙が落ちた。

「ごめんなさい。ごめんなさい。わたしが、わたしでなくなった。わたしでないわたしが、なおを殺そうとした」

「……わかっている」

自分でも不思議なほど、有は冷静に答えた。

やはりそうなのか、と、むしろある種の安心感すら覚える。

「わかってないよ。なおは、知らない。わたしの中の、もうひとりのわたし。トーコはなおに教えなくていいって言った。そのうちわかるって」

「ちゃんとわかったよ」

有は穏やかに言ったが、シリカは激しく嗚咽《おえつ》しながら、ぶんぶんと首を振って否定した。

「こんな風に、わかってほしくなんかなかった！『仕事はおしまい』なのに。もうひとりのわたしは、もう『仕事』をしなくていいのに。なんで」

「シリカ」

「なんで、なおを殺そうとしたの。わたしの大事な人は、もうひとりのわたしにも大事なはずなのに。わたしは、わたしなんだから。なのに、どうして」

「シリカ。今、それを考えても仕方がない」

まだ長くは話せない有は、敢《あ》えて短い言葉でシリカを諭そうとした。

「でも、なお」

「君が、僕を大事に思ってくれているのは知っている。今も疑っていない」

「なおを殺しかけたのに？」

「それは、君の意志じゃない。そうだろう？」

「もちろん！」

「なら、今はそれでいい。もうひとりの君は、いつもは出てこないんだな？」

シリカは少し考えて、頷《うなず》く。

「だったら、『彼』については、もっとじっくり向き合っていこう。……忘れるな。これは、君のせいじゃない」

最後のひと言に力を込めたせいで、有は酷《ひど》く咳《せ》き込んでしまう。シリカは狼狽《うろた》えた様子で、有の背中を不器用に撫でた。

「おみず？」

「いや」

シリカを心配させまいと、有は必死で痛みをこらえ、咳《せき》の発作をどうにかやり過ごした。

「僕はすぐによくなる。心配するな」

「本当？　トーコみたいに、弱っていってしまったりしない？」

「しないよ」

有は囁《ささや》き声でそう言うと、グッタリ目を閉じた。

シリカにもっと元気な素振りを見せてやりたいのだが、身体のほうがそれを許さないのである。やはり酸素欠乏は、たとえ短時間でも、全身にそれなりのダメージをもたらすものらしい。

「でも、少し眠っていいか？」

「いいよ！　わたしがここでなおを守る。もうひとりのわたしには、絶対何もさせないから！」

「……ああ」

シリカの宣言には、おそらく実効性はない。

もしかすると、シリカ自身は、「もうひとりの彼」が出てくる（と少なくともシリカは感じている）きっかけを知らないのかもしれない。

みかげの推理によれば、スペイン語の短い単語がトリガーになっている可能性があるが、他にもしかすると要因があるのかもしれない。

（事情を話して、専門家の力を借りるしかないだろうな。だが、秘密を守れる、信頼できる専門家をどうやって見つけるか。……心苦しいが、虎目先生にご相談するしかないか）

そんなことを考えながらウトウトしていた有の耳に、枕元に座ったままのシリカの声が聞こえた。

「トーコが言ってた。病気の人には、お花がうれしいのよって。トーコ、起きてこられなくなってから、わたしに、ベッドの横に花をいちりん、かざってって。そう言ってた」

有は目を閉じたまま、シリカの思い出話に耳をそばだてる。

「お花は生きてるから。ちっちゃな命がすぐそばにいるのは、気持ちのいいことだって。

お花の命は短くて、でも、終わった命も……枯れたお花もいとおしいから、死ぬことはこわくないと思える。そう言ってた」

「……天河先生が、そんなことを」

「なおも、お花は好き？　なおは死なないけど！　でも、お花が好きなら、持ってくる」

有は目を薄く開け、自分を一生懸命見つめているシリカに答えた。

「花は好きだ。でも、昨今の病院は、花の持ち込みが禁止になっているところがあるから、看護師さんに聞いてからにしよう」

「そうなの？」

「ああ」

「いいって言われるといいな。なおは、どんなお花が好き？」

思いがけない質問に、有は面食らい、それでもしばらく考えてから答えた。

「考えたこともなかったが……ラナンキュラスは好きだな」

「らな？　きゅうり？」

「ラナンキュラス。薄い花びらが幾重にも重なっていて、繊細で、綺麗《きれい》な花だ」

「ふうん。何色？」

「色々あるよ。サーモンピンクや黄色は、明るくていい」

「赤は？　赤は好きじゃない？」

シリカは、やけに熱心に問いを重ねる。

有としてはもう少し眠りたいのだが、一方で、シリカがいつもの彼らしい明るさと無邪気さを取り戻してくれたのが嬉《うれ》しくて、話に付き合ってやりたくも思う。

それで彼は、眠気と戦いながら、言葉を絞り出した。

「赤は、鮮やかすぎるのは苦手だな。少し落ちついた赤なら」

「そっか……。あの花の赤は、あざやか、なのかな。お日様が当たると、目が痛いくらいきれいな赤なんだけど」

「あの花？」

「名前は知らない。炎みたいな赤い花。それで、花の奥のほうは、消し炭みたいな黒なんだ」

「赤と黒か。鮮やかなコントラストだろうな」

「うん。なおにも見せてあげたいな。見渡すかぎり、ずーっと赤い花しかない野原。他の草なんて生えてないんだ。赤い花だけ。それが、風が吹いたらみんな揺れるんだよ」

「綺麗だろうな」

有としては、シリカと他愛ないお喋りを楽しんでいるつもりだった。シリカもそうなのだろうが、次に彼が口にした言葉に、有は危うく跳ね起きるところだった。

「うん、とっても綺麗だった。わたしたちはそこへ毎日連れていかれて、夜明けから、暗くなるまで働くんだ」

「……なんだって？」

うっかり枕から頭を浮かせてしまい、頸部《けいぶ》の痛みに小さな声を上げながらも、有はシリカの発言をさらに引きだそうとする。睡魔は、たちまちどこかへ消え去った。

「花は取っちゃだめなんだ。花が終わると、かわいい、帽子を被《かぶ》ったみたいな実ができる。それをもいで、背中のかごに入れるんだよ。最初の頃、まだ小さかったわたしは、畑に入ると葉っぱがあちこちに当たってくすぐったかったな」

シリカは、楽しげに幼い頃の自分の動作をやってみせる。

だが、有のほうは、楽しいどころの騒ぎではない。

(まさか、それは)

法医学者としては、あまりにも心当たりがありすぎる植物が、彼の頭には浮かんでいた。

「もしやその花は、こういうのではなかったか？」

みかげがベッドサイドに置いていってくれた自分のスマートホンを取り上げ、有は、検索した花の画像をシリカに見せた。たちまち、シリカは顔を輝かせる。

「そう！　それ！　どうしてわかったの、なお。すごいね」

「……どうしても何も」

有は、苦々しく口の中で呟《つぶや》いた。

彼がシリカに見せたのは、「ハカマオニゲシ」の写真だったのである。

麻薬の原料植物となる、日本では「麻薬及び向精神薬取締法」によって、栽培が禁止されている植物だ。

「シリカ。君は……このケシ畑で、実を採取する仕事をさせられていたのか？　それも、幼い頃から？」

「そうだよ。他にもたくさん人がいた。おとなも、子供も。畑に入るときに、両足にロープをかけられるんだ。右足と左足をつないで……このくらい」

　シリカは両の手のひらを、三十センチほど開けて有に示した。

「歩けるけど、走れないんだよね。だから、みんな逃げられない」

　淡々と語られる恐ろしい事実に、有の顔から血の気がゆっくりと引いていく。いやにヒヤヒヤして小刻みに痙攣《けいれん》する頬に、彼は無意識に触れた。

「暑い日はつらかったなあ。でも、みんなで歌いながら働くのは好きだったし、花はきれいだった。夢みたいだった。ああでも、その花は悪い花だって、トーコが言ってた」

「……悪い花」

「うん。わたしたちが集めたあのかわいい実をぐらぐら煮て、悪い人たちが悪い薬を作るんだって。そうだった。なおに見せちゃだめかあ。きれいなんだけどな」

　シリカは残念そうに項垂《うなだ》れる。一方の有は、頭を激しく殴られたような衝撃を受けていた。

（麻薬栽培の仕事に、奴隷のような扱いで従事させられていたというのか。幼い頃から）

　横たわっていてよかった、と有はしみじみ思う。

これを立っているときに聞かされていたら、動揺のあまり、眩暈《めまい》を起こして倒れていたかもしれない。

幼いシリカが、足を縛《いまし》められて芥子《けし》の実を摘む姿を想像するだけで、有の胸の底から昏《くら》い怒りが炎のようにわき上がってきた。

「君は、何も知らなかったんだな？」

シリカは、こっくりと頷《うなず》く。

「知らなかった。だって花の実は、また花になるでしょう？　だからあの人たちは実を集めて、あのきれいなお花畑をもっと広くするんだと思ってた。だからわたしは、がんばったのにな」

「……いったいいつまで、その仕事を？」

「わかんない。でも、今くらい背が伸びるまでは、やっていたよ」

「その仕事を、何故辞めた？」

「次の人に、売られたから」

「！」

シリカはむしろ得意げに腕を曲げ、力こぶを作るポーズをしてみせた。

「わたしは、背が伸びて、とても力持ちになった。わたしよりずっとからだの大きな男の人たちより重い荷物を持てたし、早く動けた。それで……あるとき、お前はもう畑には出なくていいって言われて……売られた」

「誰に!?」

「知らない。初めて会う、男の人。その人に、車に乗せられて、どこか遠いところに連れていかれて、わたしは小さな小さな部屋に押し込められた。なおに話した、あの部屋」

シリカの声から、急に力が失われていく。

「あのときから、色んなものがなくなった。空も、風も、土も、野原も、花も……歌も」

最後は消え入るような呟き声でそう言うと、シリカは有のベッドにポスンと頭を預けた。

「かわりに、もうひとりのわたしが生まれた。今は、全部もどってきたのに。だからもう、もうひとりのわたしはいらないのに。ねえ」

冷たいシーツに頰を押し当て、独り言のようにシリカは言った。その瞼《まぶた》が、ゆっくりと閉じていく。

金色に揺らめく瞳《ひとみ》が見えなくなっても、有はしばらくじっと、シリカの言葉を待っていた。

だが、シリカはそのまま寝入ってしまった。

有が、「大丈夫だ」と言ったことに安心したのだろう。「もうひとりの自分」の存在を、有に信じてもらえたことも安堵《あんど》の原因だったかもしれない。

とはいえ、有のほうは、予想外のタイミングでもたらされた新しい情報に、激しく心を掻《か》き乱されていた。

（なんてことだ。麻薬を密造するためのケシ畑なんて、この先ずっと、法医学者として必要な情報の一つに過ぎないと思っていた。現実味など、欠片《かけら》もなかったのに）

　無論、司法解剖で、薬物中毒死の症例には数多く接してきた。麻薬が人体にもたらす害についても、知識としては一般人より遥《はる》かに詳しく知っている。

　だが、共に暮らす、この天真爛漫《てんしんらんまん》な男が、子供時代、何も知らずにその「毒」を生み出す作業に荷担させられていたとは。

（信じられない。だが……シリカは嘘をつくような人間じゃない。これは、受け止めるしかない事実なのか）

　じっと横になっているというのに、心臓が胸壁を突き破って飛び出しそうに激しく脈打っているのがわかる。

　さっき、夢の中の陶子は、「あの子が抱えているものを、一つずつ繙《ひもと》いていくことはできると信じている」と言ってくれた。

　だが、その「一つ」が、平和な国に生まれ育った有には、あまりに重く、苦しい。

（シリカ。君は、どれほどのものを背負って、今、ここで笑っているんだ）

　感嘆とも悲嘆ともつかない、複雑な感情を持て余しながら、有は、そっと片手をシリカの頭に置いた。

　そして、夢の中で陶子が自分にしてくれたように、幾度も、幾度も、優しくシリカの頭を撫《な》で続けたのだった。

5

「あら、今朝は入院以来、初めての完食ですね。素晴らしい。気分、よくなりました？頭痛はどうです？」

「頭痛がないとは言えませんが、だいぶ軽くなりました」

「よかった。今日はもうすぐ検査がありますから、お部屋にいてくださいね。喉《のど》の調子は？」

「呑《の》み込むときに軽い痛みがあります。あと、どうしても咳《せき》がよく出ますが、その程度です」

「声もだいぶ出るようになって。よかったですねえ」

入院五日目の朝を迎え、担当看護師とのやり取りも、すっかりスムーズになった。

有はベッドから出て、大きく伸びをした。

窓の外には落ちついた雰囲気の住宅街、その向こうには六甲山の緑が広がっている。

入院した翌朝から、有は頸部《けいぶ》の痛みに加え、酷《ひど》い頭痛に苦しめられるようになった。

みかげの機転で、どうにか心停止に至る前にシリカの腕から解放されたとはいえ、少なくとも数分間、有の全身は低酸素状態に陥っていたことになる。

人体の組織で特に低酸素状態に弱いのは、脳である。窒息した直後は無症状でも、時間をおいて何らかの深刻な症状が出現する可能性は否定できない。

検査の結果、ごく軽度ではあるが脳浮腫《のうふしゅ》が認められると主治医に告げられたときは、有もこの先どうなることかと肝を冷やしたものだ。

しかし、適切な治療を早期に受けたおかげで、今朝は爽快《そうかい》にはほど遠いまでも、回復を感じられるコンディションだ。少なくとも、強い吐き気を伴っていた昨日までの痛みとは違う。

「検査結果がいいといいんだが。……早く退院したい」

切実な願いが、有の口から零《こぼ》れた。

みかげは、あれから本当に有の家に泊まり込み、シリカと暮らしてくれている。

午前十時の面会開始時刻に合わせてシリカを病室に連れてくるみかげは、しばらく病室で有と喋《しゃべ》っていくこともあれば、他に用事があるからとすぐに去ることもある。

そして夕方、彼女曰《いわ》くシリカを「回収」して、有の家へと一緒に帰っていく。みかげは料理が得意ではないので、途中、どこかで夕食を摂《と》るらしい。

昨夜は午後七時頃、有名チェーン居酒屋の大判メニューに夢中なシリカの写真を撮って、みかげがスマートホンに送ってきた。

写真に添えられていた、「スポンサーがついとるから、私も豪遊させてもらってんで！」というみかげのメッセージを思い出し、有は苦笑する。

かかったお金は必ずあとで精算させてくれと、有がみかげに言ったのを受けての言葉だ。

とにかく相手に気を遣わせないことにかけて、みかげは天才的だと有は思った。

（縁とは不思議なものだ。あの二人が、あんなに仲良くなるとは）

みかげの厚意にありがたく頼ることにしたものの、当初、有は心配で仕方がなかった。

何しろ、いくらレストランで初対面からスムーズに打ち解けたといっても、それは有が一緒にいるときのことだ。

大雑把に見えて、変なところで繊細なシリカのことなので、みかげと二人きりになったらまた事情は違うのではないかと、有は心密《ひそ》かに心配していた。

しかし、それは杞憂《きゆう》であったらしい。

まるで姉と弟のように気の合う二人の姿に、有は入院してから幾度か、微妙な疎外感すら覚えたほどである。

（とはいえ、ありがたい限りだ）

振り返ると、テーブルの上には、昨日、シリカが持って来た本が、開いて伏せたままになっていた。

「そういえば、やけに熱心に読んでいたが、いったい何の本なんだろう」

入院してからというもの、少しずつ声帯が回復し、喋るのが楽になったとはいえ、まだ大声は出ないし、長く話すこともできない。

　しかも、ずっと頭痛で伏せっていたので、有はあまりシリカの相手をしてやることができなかった。せいぜい、彼の他愛ないお喋りに短い相づちを打つのが関の山で、それとて半ば上の空の、決していい聞き手とは言えない態度であったに違いない。

　それでもシリカは、毎日律儀にやってきて、面白いものなど何もないこの病室で、長い時間を過ごし続けている。申し訳なく思いつつも、有にとっては不思議なくらい、それはくすぐったく、温かく、嬉《うれ》しいことだった。

（今日、続きを読むつもりで置いていったんだろうか。あるいは、ただ忘れていったのか。いつまでもこんな置き方をしていては、本が傷んでしまう）

　有はテーブルに近づき、本をそっと手に取った。

「ああ、なるほど」

　表紙を見て、有は納得の声を上げた。

　それは、子供用に書かれた、有名な作曲家たちの逸話を集めた本だった。

　ショパン、ベートーベン、シューベルト、リスト、モーツァルト、ブラームス……。

　表紙には、少しコミカルにアレンジされた、彼らの肖像画がちりばめられている。

　シリカが読みかけていたのは、ちょうど、フランツ・リストのページだった。

（今、リストの「愛の夢」をピアノ教室で習っていると言っていたから、作曲家の人生について知ろうとしたのか。なかなか研究熱心だな）

パラパラと目を通してみると、リストがいかに女性に人気があったかというエピソードが、平易な文章で綴《つづ》られている。

(やれやれ。彼の代表的な逸話は、やはりそこになるのか。「愛の夢」の作曲家、面目躍如といったところなんだろうな)

なかなか面白そうな本だし、子供向けなので、頭痛が治りきらない有でも暇潰《ひまつぶ》しにさっと読めそうなボリュームではある。しかし、有はメモ帳を一枚ちぎり、栞《しおり》代わりにリストのページに挟み、本を閉じてしまった。

まだ読書を楽しむほど体調が戻っていないこともあるが、それよりも大きな問題は、眼鏡なのである。

自分の体重で潰してしまった眼鏡は、もう諦《あきら》めるより他がない状態だった。

とはいえ、かなりの近視である有にとって、眼鏡はもはや身体の一部だ。ないと、何一つまともに見えはしない。

仕方なく、みかげに頼んで自室から予備の眼鏡を持って来てもらったのだが、予備といっても、かつて使っていた古い眼鏡に過ぎず、度数が微妙に合っていない。

日常生活に不自由ない程度には見えているが、読書となるといささか不足である。

実際、入院してからというもの、有が読んだ活字は、入院手続きに必要な書類と、入院生活や処方された薬についての注意書きくらいのものだ。

(退院したら、真っ先に眼鏡屋へ行かなくてはな)

有がぼんやりそんなことを考えていると、さっきの看護師が病室に戻ってきた。

「杉石さん、今日はまず、ＣＴから行ってきてください。場所、もうわかりますよね？　おひとりで大丈夫ですか？」

「大丈夫です」

有がそう答えると、看護師はチラッと笑みを見せて、有に書類が挟まったクリアファイルを差し出した。

「じゃ、これ持って。あとは順番でいつものようにお願いします。もし、途中でふらついたり、気分が悪くなったりしたら、迷わず近くのスタッフに声をかけてくださいね」

「わかりました」

忙しそうにセカセカした足取りで看護師が去ると、有はベッドの上に広げて置いてあったカーディガンをパジャマの上から羽織った。

そして、身体の状態が改善していることを祈りつつ、別棟にあるＣＴ撮影室へと向かったのだった。

外来診療が始まる前に検査を受けられるのは、入院患者の特権である。とはいえ、ひとつひとつの検査がそれなりに時間を要するので、有が必要な検査をすべて終えたのは、午前十時過ぎだった。

（遅くなってしまった。シリカはもう来ているだろうな）

焦る気持ちはあるが、まだいくぶん手足に力が入りにくく、足早に歩くことはできない。低酸素状態が人体に与えるダメージを驚きと共に実感しつつ、それでもできるだけ急いで、有は病室へ戻った。

「済まない。遅くなっ……あ」

引き戸を開けて病室に入ると同時に謝罪の言葉を口にした有は、すべて言い終える前に、意外そうな声を上げた。

病室内のソファーに腰掛け、くだんの本をパラパラ読んでいたのは、真壁みかげひとりだったのである。

「おはよう、有ちゃん。検査ツアーやってんやろ？　看護師さんに聞いたわ。お疲れ」

「あ、ああ、おはよう。その」

「何やの、みかげ様ひとりでは不満なん？　ホンマにシリカ大好きっ子やな、有ちゃんは」

相変わらずシャープなからかいを口にして、みかげは本をテーブルに戻し、立ち上がる。

「い、いや、そんなことは！」

途端に狼狽《うろた》える生真面目な有に、みかげは「冗談やって」と笑い飛ばしつつ、パジャマ姿の有を頭からつま先まで見やった。

「だいぶ、足取りもしっかりしてきたやん。頭は？　まだ痛い？」

「立って動いていると、だんだん痛みが強くなる。でも、お陰様でずいぶん軽くなった」

「そらよかった。けど、調子に乗ったらアカンで。今日はもう、何もないんやろ？」

「あとは午後の回診だけだな」

「ほな、はよベッドに戻り。病人は、病人らしいせな」

　みかげに追い立てられて、有は従順にベッドに戻った。

　起床したときはかなり元気になったと思ったが、それは過信だったらしい。院内を少し歩いて検査をいくつかこなしただけで、全身に重石《おもし》をつけられたような疲労を覚える。

　入院患者ゆえ、パジャマ姿は如何《いかん》ともし難いが、みかげが病室にいる間は、有は必ずカーディガンを羽織ることにしている。

　そんなせめてもの気遣いを知ってか知らずか、みかげはベッドサイドのパイプ椅子に腰掛け、元気よく脚を組んだ。今日は、昔のロックバンドのツアーTシャツとワイドパンツ、それに薄手のブラウスを羽織るという活動的な服装をしている。

「入院すると曜日感覚がなくなるんやろけど、今日は木曜」

「……ああ、そうか。シリカはピアノ教室か」

「よかった。さほど呆《ぼ》けてへんな」

　みかげは大きな目と口で、ワイドな笑みを作った。

「張り切って、朝っぱらから練習しとったわ。今日は午後に、自力でお見舞いチャレンジするねんて。一応、電車とバスの路線の選び方、メモして渡しといた。万が一のときは、タクシーに乗ってこれ渡しやっていうメモも。大丈夫やと思うで」

「何から何まで、本当にきめ細かく面倒を見てもらって、すまない。いや、ありがとう」

「そうそう。お詫《わ》びより感謝がええで。入院中、しつこく言うた甲斐《かい》があったな。やっと改善された」

そう言うと、みかげは何故か真顔になって、すくっと立ち上がった。

そして、引き戸を開けて病室の外を窺《うかが》うと、戸を閉めて、ベッドサイドの椅子に再び戻ってきた。

そんなみかげの不自然な行動に、有はペットボトルの水を飲みながら眉根《まゆね》を寄せる。

「真壁さん？」

「それもええ加減、みかげ呼びでええねんけどなあ。まあ、有ちゃんなりの距離感は尊重するわ。それより、シリカがおらんとこで話したいことがあんねん」

みかげが珍しく真顔なのに気づき、有はペットボトルをサイドテーブルに置いた。

「寝とかんでええの？」

「いい。座っているだけで、十分に楽だから。それより、話とは？　シリカのことか？　もしや、二人でいるときに、何か？　君が危険を感じるような言動があったとか、あるいは、ワガママを言い過ぎるとか」

「いやいやいや。それはない。シリカはええ子やで。毎日そう言うてるけど」

みかげは表情を和らげ、有の顔をじっと見た。

「有ちゃんは、シリカのことをおっきい子供みたいに思うてるかもしれんけど、いや、私も最初はそう思っとったけど、あの子はそれだけやないで」

　有は、ギクリとした。

　入院して初めて迎えた夜明けの頃に、シリカから聞かされた過酷な子供時代の話は、みかげにはしていない。

　あの夜のシリカの異状と、疑惑の「スペイン語」についても、入院してからはみかげと二人だけで議論する機会が持てなかったので、敢《あ》えて蒸し返してはいない。

　それだけに、シリカについてごく限られた情報しか持たないはずのみかげが、いったい何に気づいたのかと、有は疑心暗鬼で顔から血の気が引くのを感じた。

　しかしみかげは、どこか姉めいた顔つきでこう言った。

「無邪気に振る舞ってるんは、フリやない。根は天真爛漫《てんしんらんまん》な子なんやと思う。けどな、あの子、凄《すご》い気ぃ遣うで」

「シリカが？　気を遣う？」

　思いもよらない言葉に驚く有に、みかげは「知らんかったやろ」と、少し得意げに片手を振った。

「遣う遣う。あの子、ああ見えて、二人でおるときは、私にいっぺんも『要望』したことがあれへんねん」

「……えっ？」

「どこの店でごはん食べよか、何食べたい？　って訊《き》いても、『ミカは何を食べたいの？』って必ず訊き返してくんねん。そんで、私の希望の中から、あの子の希望に合致する店を選ぶねんな。家に帰ってからも、私が何したいか、どう過ごしたいかを必ず先に訊いてくる。……有ちゃんと一緒のときは、そんなんやないんやろ？」

　有は少し考えて、「違うな」と答えた。

「僕と一緒にいるときは、シリカは自分の希望をハッキリ口にする。無論、僕にも拒む権利はあるわけだが」

「そやろ！」

　みかげは、少し悔しそうに有を指さした。

「それが、あの子なりの信頼の証《あかし》やねんな。有ちゃんには、ありのままの自分を見せても、嫌われへんって確信できてんのや。私はまだその域やないから、楽しゅう過ごしてはいるみたいやけど、やっぱりどっかビビって警戒してんねんな」

「……そういうものだろうか。君には素晴らしく懐いていると思っていたんだが」

「そこは嘘やないと思うよ。演技はしてへんと思う。けど、心の奥底の問題なん違う？　やっぱし、私はあの子にとっては身内やないねん。そやから、はよ元気になって、退院したってな。あの子なりに、ストレス溜《た》めてるんやと思うで」

「ありがとう。たとえそうだとしても、今のシリカにとっても、僕にとっても、君は救世主だ。特に僕にとっては、命の恩人でもある」

「そこは忘れんといてな。特大の貸しやで。あと、貸しはもう一つあるやろ」

そう言って、みかげは再び真顔に戻った。

「まさか酸欠で忘れてへんやんな、私に個人的に頼んだこと」

有もサッと顔を引きしめ、ただでさえまだ掠《かす》れがちな声を低める。

「もしや……『色違いのラムネ』のことか？」

「他に何があるねんな。まあ、ちゃんと覚えとってよかったわ」

みかげは、パイプ椅子をさらに極限まで有のベッドに近づけた。どうやら、あまり他人に聞かせたくない話をしたいらしい。

有もまた、ベッドの上に身を起こしたまま、みかげのほうにできるだけ近づいた。

「何かわかったのか？　いや、君は今、夏休みのはず……」

「夏休みやから、好きなことができるんやん。いつもは仕事優先で、なかなかラムネの分析に時間が取られへんやろ。そやから、ここにシリカを送り届けてから夕方までの間、研究室に行って、『私はおらんもんと思うて』って言うて、自分の作業をさしてもろとった」

「……寛大な上司だな」

「稲田先生は、仕事さえちゃんとやっとったら、あとは好きにしたらええっちゅうタイプやで。そやからこそ、わけのわからん研究から得体の知れん論文がバンバン出て、たまに大当たりして、それが教室の財布を潤すっちゅうわけ」

「なるほど。それで？　何かわかったのか？」

　うーんと唸《うな》って、みかげは顔じゅうの造作を中央に寄せるような、派手な顰《しか》めっ面《つら》をした。

「わかったっちゅうか、わからんようになったっちゅうか」

「……頼むから、焦《じ》らさないでくれ」

「焦らしてるわけやないって。ほんまにそうなんよ。あれ、色違い違うほうは、何の変哲もない、食べたらきっと美味《おい》しいラムネやって、前に言うたやんな？」

　有は先週のみかげとの会話を思い出して、頷《うなず》く。

「味の話はどうだったか忘れたが、とにかくただのラムネであるとは聞いた」

「よっしゃ。ほんで、肝腎《かんじん》の色違い……いや、私にはわからんけど、シリカ曰《いわ》くの『色違いのラムネ』に着手する前に、容器の底に積もっとったっていうラムネの粉から調べてみたって言うたやろ」

「ああ。粉には、『普通のラムネ』と『色違いのラムネ』、両方の成分が混合しているはずだから、と。そして、分析の結果、『普通のラムネ』には含まれていない成分が検出されたと……そこまで聞いたと思う」

　みかげはパチンと器用に指を鳴らし、「オッケー、冴《さ》えてる」と頷いた。

「そこからは、ほんまに地道な作業なんよ。その、特異な成分の検出感度をどないして上げるか、それをどうやって分析していくか。トライアンドエラーを繰り返すねん」

「ＤＮＡ解析における似たような作業を、条件検討と我々は呼んでいるが」

「それそれ。理屈は同じ。素人さんが思うほど、アナライザーは賢うないからな。きっちり仕事はしてくれるけど、お膳立《ぜんだ》てはある程度、人間様がしたらなアカン。それが手間も時間もかかるから、夏休みを使って、進めとったわけ」

「それで？　分析できたのか？」

「そこやねんな〜。まあ、こないだざっくり話した見立てどおり、やっぱしあれは、『危険ドラッグ』の一種やと思うわ」

「……つまり、覚醒剤《かくせいざい》やマリファナ、ＬＳＤのような分類ができない依存性薬物ということか」

みかげは頷き、低い声で話を続ける。その視線は、チラチラと病室の入り口をチェックすることを忘れない。

「そや。広く括《くく》ったら、合成薬物の類《たぐい》やな。あれこれ混ぜ混ぜ、幕の内弁当みたいなドラッグや。……つまりな。そんなもん持ってきた有ちゃんも、個人的に分析を受けてしもた私も、警察にバレたらお手々が後に回る案件やで？」

「……ああ、それは……その」

みかげの警戒の理由を悟って、有は今の頸椎《けいつい》が許す限り深く、彼女に頭を下げた。

「本当に済まない。違法薬物の可能性は大いにあると考えつつも、どうにか分析をと焦って、君に頼んでしまった。浅慮だった」

「そこよ。まあ、面白がって受けた私にも責任はあるから、別に有ちゃんを責めてはおらん。実際、作業としては滅茶苦茶《めちゃくちゃ》おもろい、やり甲斐《がい》のあるチャレンジやしな。けど」

　みかげは、嘘を許さない大きな目で、有を見据える。

「有ちゃん、言うとったやろ。もしドラッグやったら、警察が動くかもしれん案件やて。それやのに、事情があって、科捜研にはなかから頼むわけにはいかへんのやて。それ、どういうことなん？　このサンプル、どっから来た、何なん？　さすがにちゃんと言うてくれんと、この先の話はできへんで」

　みかげの主張はもっともである。

　個人的に入手した違法薬物を、これまた個人的に職場で分析したとあっては、そのことが明るみに出たとき、問題は有とみかげだけのことではなくなる。

彼女の上司の稲田も、その稲田を有に紹介した虎目をも、大いなる厄介ごとに巻き込む結果となってしまうだろう。

「事情を話すと、君をさらに巻き込むことになると……」

「アホか。もう、くるっくるに巻き込まれとるわ。クリームの少ないロールケーキくらいや。ええから、ちゃんと話し」

「わかった。実を言うと、そもそも『色違いのラムネ』自体が、僕の知っている刑事から持ち込まれたものなんだ……」

「はあ？」

驚いてのけぞるみかげに、有はすぐに音を上げようとする声帯を励まし、一生懸命に事情を説明した。

日長刑事が、「銃撃後に放火された司法解剖例」に関心を持ち、所轄に拘《かか》わらずデータを集めた結果、同じタイプの銃器が用いられた三例を抽出できたこと。

その一例の遺体の下から、焼け焦げたポーチが発見されたこと。

今、みかげに一部を託した「色違いのラムネ」の容器は、そのポーチの中に入っていたこと。

そして、ラムネを取り出し、警察の保管庫に戻したはずのポーチが、突然、消えたことも、有は正直に打ち明けた。

「消えた？　パクられたってこと？」

「それはわからないそうだ。どう見ても、重要な証拠品には見えないものだったからね。あるいは、箱に戻すよう指示された人間が、粗略に扱ってしまったのかもしれない」

「あー。よう証拠物件捨ててニュースになってるもんなあ、警察」

「そう頻繁にやっているとは思いたくないが、そういう可能性もある。何もかもを都合よく絡めてしまうのも問題があると思うから、盗難については別件だと思ってくれ」

みかげは、有の話を脳内で整頓《せいとん》するように、しばらく顎《あご》に片手を当てて黙っていたが、「なるほどなあ」と頷いた。

「ほな、ラムネが入っとったポーチ自体も、銃撃されて放火されて死なはった被害者が、自分の体で炎から守ったんか、あるいは偶然倒れたとき、下にポーチがあったんか、それも判断は保留やねんな？」

「ああ。だがもし守ったのだとしたら。ポーチの中に、何か貴重なもの、あるいは彼が存在を消したくなかったものが入っているとしたら……それは、ラムネしかないんだ。他には、これといったものはなくて、ラムネの容器だけがもう一つ、わざわざ小さなポーチに入れられていた」

「ポーチのマトリョーシカやな。ふーん。まあ、あんだけ粉になるラムネやったら、普通に突っ込んどいたら粉が零《こぼ》れて、ポーチの底が粉だらけになるやろ。それを防ぐために、もう一重、包んだだけかもしれへんで……って、分析前やったら、私も言うやろな」

「と、いうことは」

有に促されても、みかげは唇を引き結んで、なおもしばらく迷っていた。

「日長刑事は、何かあれば、自分が全責任を負う、自分が僕や真壁さんを騙《だま》して巻き込んだと言うと約束してくれた」

「それで済むかなあ」

「それはわからないが、彼はそういう人物だ。僕たちを騙して利用しようとしているわけではない。……今回のことも、他の署の担当案件なのに、きちんと手を回してくれた」

「ああ！　日長刑事て、あの暑苦しいオッサンのことかいな」

日長についてはあっけらかんと大きな声を出すみかげに、有は驚いて訊《たず》ねた。

「会ったのか？」

みかげは派手な思い出し笑いをしながら打ち明けた。

「そっか、シリカも気まずいから言うてへんかってんな？　有ちゃんが入院した次の夜やったっけ。あの刑事さん、有ちゃんのお見舞いに行ったやろ。その足で、私らんとこにも来たんや」

「シリカからも日長さんからも、そんな話は聞いていない」

憮然《ぶぜん》とする有に、みかげはまだ笑ったままで事情を打ち明けた。

「有ちゃんから事情を聞いて、シリカのことも心配してくれはったんやろ。けど、前触れなく来たから、私とシリカは外でごはん食べて何も知らんと帰ってきたわけよ。そしたら、玄関前に、家の中を探るみたいにうろつくオッサンがおって……そら、怪しむわなあ」

「まさか、シリカが」

「そうそう。また賊やと思うて、秒でぶん投げてしもてな。まあ、すぐ割って入って、門灯の明かりで顔が見えたら、シリカも気ぃついた。あっちも警察手帳を見せてくれたから、私も疑わんで済んだし。『もう心配は要りませんので！』って、わざわざ言うて帰りはったで」

有は、安堵《あんど》と申し訳なさで、思わず頭を抱えた。

「シリカに警戒するなと言うほうが無理な状況だから、不可抗力だろぅが……日長さんに迷惑をかけてしまったな。今度、謝っておこう。君も、僕のときのことを思い出して、肝を冷やしただろう。すまなかった」

「まあ、しゃーない。そうか、あの人から来た案件か。知っとったら、家ん中に引きずりこんで、もっと説教したったのにな！」

悔しそうにそう言ってから、みかげは再び病室の入り口を見て、有をちょいちょいと手招きした。

「顔。もっとこっち」

有が首の痛みをこらえてみかげのほうに頭を傾けると、みかげは入院時の有くらいのヒソヒソ声で告げた。

「ほな、あのおっさんが全面的に責任持つっちゅうんを信じて続きを言うけどな。粉から検出された成分、まだ分析は途中やけど、ほんまに色々闇鍋《なべ》みたいに入っとんのよ、あかん具材が」

「具材って……成分だろう」

「そうやった。つい、鍋に引きずられてしもた。まあ、元から危険ドラッグは、何がどの程度、どのくらいの精製度で入っとるかわからんから、そういう大きい括り方をせんとしゃーないねん。昔は、合法ドラッグとか、脱法ドラッグ、違法ドラッグって言われとったやろ。法律とのいたちごっこで、ギリギリ取り締まられへん成分をあれこれ工夫しとった歴史があるんや。釈迦《しゃか》に説法かもしれんけど」

有は、「いや」と短く否定した。

「前にも言ったが、僕は薬物は専門外だ。ベーシックなことから教えてもらえるとありがたい」

みかげは頷《うなず》き、両の手のひらで三十センチほどの幅を作ってみせた。

「そやから、一口で危険ドラッグ言うても、種類は無限や。どの国でどんな規模で作られたかにもよるし、その時々の薬物のトレンドもある。作用も効果もお値段もピンキリ、危険度の高さもピンキリ、出てくる症状も超ピンキリや。とはいえ、少なくともこの国では、毒性も依存性も高いもんが流通する傾向やね」

「なるほど」

みかげの解説は、専門的なことがらにも拘わらず、平易な言葉とわかりやすい表現で進んでいく。

有としては、学生講義の参考に録音したいくらいだが、そこはグッと堪《こら》えて、一言一句もらさず、脳の記憶領域に書き込もうと努める。

「取り締まりも、国によって程度ややり方はバラバラやけど、だいたいどこも苦戦しとる。何か薬物を規制したら、裏世界の連中は、それと構造も作用も激似やのに規制の対象やないもんを探してくるねん。そういう熱意は凄《すご》いねん。この国でも、取り締まる薬物をどんどん増やしとるけど、追いつかんのが現状やね」

「あまり規制薬物を増やすと、今度は医薬品に用いる成分にその規制が影響したりはしないのか？」

有の疑問に、みかげはニャッとした。

「おっ、ええ質問や。学生やったらめっちゃ褒めたとこやね。実際、影響するんよ。毒と薬は、別々のもんやないからな。同じ化学物質でも、使いようによっては薬、しくじったら毒や。そやから、医薬品として使いたい薬物を、規制からいちいち除外するんが、また大変なんや。お役所仕事は完璧《かんぺき》を期するから、どうしても煩雑になるねんなあ」

「わからないでもない」

鑑定医として、日常的に公的文書と付き合っている有の相づちには、妙な実感がこもっている。

「あと、日本は薬物中毒者が乱用から抜け出して立ち直るためのシステムとか、社会の意識改革とかが、まあ有り体に言うたら遅れがちやな。やらかした人間に過剰に厳しい、とにかく罰したい空気が強い世の中やっちゅうことは、私なんかより、有ちゃんのほうがよう知ってるやろ」

さすがにそれに同意するわけにはいかず、有は困り顔で沈黙する。「まあ、そうやんな。ゴメン」と謝って、みかげは話を続けた。

「そういうわけやから、危険ドラッグは、この先しばらくはずっと、ホットでもあり、死ぬほど厄介でもあり、ほんまに危険でもあるトピックであり続けると思う。そんで、本題やけど」

みかげは、有の耳元で、ますます小さな声で囁《ささや》いた。

「まだ、粉だけの分析やし、途中報告やけど、まあ、お決まりのもんは入ってた。ラブドラッグってよういわれるＭＤＭＡやら、アンフェタミン、メスカリン、トリプタミン、ＡＰＩＮＡＣＡ……」

「最後のは？」

「あーっと、大麻は知っとる？」

「ああ」

「その大麻を化学的に合成したんが、合成カンナビノイド。ＡＰＩＮＡＣＡは、その一種やね。あとは、おそらく新規幻覚剤の類《たぐい》」

「それも、よくわからないんだが……」

「あー、そやんな。まあ、言うてみたら、メジャーどころの薬物と違って、まだそないに普及してへん幻覚をもたらすような薬物のグループ。二軍、三軍の選手みたいなもんやね」

「……的確なたとえだ」

「もっと褒めてええで。そやけど、二軍三軍の選手って、逆にデータがないから、突然一軍で出番が来たら、一流選手が対処方法がわからんで、持て余すことがあるわな。いきなりホームラン打ったり、ゴール決めたりする可能性もある」

「なる、ほど！」

「薬物で言うたら、有名どころは、使うほうも、使い方がそこそこわかっとるわけ。このくらいやったら摂取して大丈夫やろとか、これ以上はヤバイとか。そやけど、新規幻覚剤みたいな、まだ詳しい情報がないドラッグについては、アホみたいに身体に入れてしもて、コロッと死ぬ可能性もある。マイナーやから大したことないっちゅうわけやないのが、怖いとこやね」

「……よくわかった。つまり、『色違いのラムネ』には、そういう雑多な薬物が含まれているわけだな」

「そう……やねんけど」

みかげの話はまだ終わらないようだ。彼女は少し躊躇《ためら》ってから、こう言った。

「その新規幻覚剤の類は、まだしばらく分析に時間がかかるわ。日本だけやのうて、海外の危険ドラッグの最新情報と照らし合わして、せめてざっくりした見当だけでもつけんと、分析しにくくてしゃーないし」

「それは当然だと思う。これまでの結果だけでも、日長さんには大きな収穫だろう」

「そやったらええねんけど。あ、そんでこれは、ここだけの話にして。まだフワフワ過ぎて、責任持って言われへん話や」

「……と、いうと？」

「刑事さんにはまだナイショやで。約束な？」

重ねて念を押し、みかげはこう言った。

「定期的に、近場の若手同業者が集まって、飲みながら情報交換する機会を作ってるねんけどさ、ちょっと前のその飲み会で、やっぱりお菓子に混入された危険ドラッグの話が出たんよ」

「他にもあったのか」

「うん。けっこう危険ドラッグって、ハーブとかお香とかバスソルトとか、そういう名目で売られるんが古典的やってんけど、今は色々でなあ。そんときは、ミントタブレットに混ぜられとったっちゅう話やってん」

　みかげは、よくコンビニエンスストアで見かける、プラスチック製の平べったく小さな容器のシルエットを両手で作ってみせる。有は、納得の声を上げた。

「ああ、それは機能的だな。持ち歩きが簡単だし、手渡しても何の不自然さもない」

「そうそう。しかも、ミントは香りがきっついやろ。ドラッグに多少変な臭いがついとっても、ミントでごまかせるっちゅう寸法よ」

「……スマートなやり方だ」

「少なくとも、すぐ粉になるラムネよりはスマートやわな」

　みかげはクスクスと笑ったが、すぐに厳しい面持ちに戻ってこう言った。

「お値段も安うて、中学生や高校生も手が届くくらいや。それについても、新規幻覚剤が色々詰め込まれすぎて、分析がまだ追いつかん言うとった。ただ、薬理作用としては、とにかくビックリするくらい興奮・譫妄《せんもう》状態に陥るのが早くて、効果も強いて聞いた」

「……うん」

「もしかしたら、『色違いのラムネ』も、その手の奴かもしれん」

「同じ製造元ということか？」

「そらわからん！　危険ドラッグは、同じ名前で出回ってるもんも、中身は全然違うからな」

そうか、と肩を落とした有に、みかげはこう言った。

「有ちゃん、『色違いのラムネ』と一緒に、司法解剖で採取したサンプル、持ってきたやろ。確か、突然校舎から飛び降りた高校生の喉《のど》にへばりついとった、白いペースト」

突然の話題転換に、有は戸惑いながらも頷く。

「ああ。練習を兼ねて自分で分析させてもらおうとしたが、途中で君が没収した」

「アホ！　没収したん違うわ。素人の手に負えんレベルの作業になったから、引き受けたったんやろ！」

ちょっと憤慨した様子で言い返したみかげは、「あのとき、有ちゃんから聞いた高校生の様子と、そのミントタブレットに入った危険ドラッグを摂取して暴れた人の飛びっぷりが、似てんねんなあ」と言った。

「えっ？」

「有ちゃん言うてたやろ。その高校生、突然様子がおかしなって、『世界に羽ばたく！』言うて、高いとこから飛び降りたって」

「そう、警察から聞いた」

「私が飲み会で聞いた話もな、やっぱり普段は大人しい人が突然すくっと立ち上がって、『アイキャンフラーイ！』って叫びちらしながら、ビルの屋上へえらい勢いで駆け上がって、飛び降りようとしたんやて。その人は幸い、周りの人らが押さえつけて、命拾いしたらしいけど」

「……どちらも、『飛ぶ』か」

「まあ、ドラッグの作用がアッパー系やったら、そういう気分になるんは珍しゅうないやろけど。そんでな、そのミントタブレットに混ぜて売られとったドラッグ、正気に戻った本人に入手経路を訊《たず》ねたら、道端で声掛けられて、売人から買《こ》うたんやて。そんときに言われたドラッグの名前が、洒落《しゃれ》てんねん。『キツネツキ』って言うんやって」

　みかげは面白そうに笑ったが、有は、驚いて視界がぐらりと揺れるのを感じた。

　揺れたのはどうやら視界だけではなかったらしく、次の瞬間、みかげが慌てたように腰を浮かせ、有の二の腕を摑《つか》んでいた。

「有ちゃん？　どないした？　疲れた？　やっぱり横になり」

「ああ……いや。大丈夫だ。『キツネツキ』というのは、つまり、憑《つ》きものの、狐憑きのこと……か？」

　片手をシーツの上に突き、上半身を支えながら、有は問いかけた。

（まさか、この前、本で読んだばかりの言葉が、ここに出てくるとは）

みかげは、有を心配そうに見守りつつも、再び椅子に腰を押しつける。

「そう。まるで突然狐が乗り移ったみたいに、神秘的なパワーが身に付く！　て言われたんやて。アホかって思うけど、そないなもんに縋《すが》るほど、きっと悩みがあったんやろね」

「……なるほど」

「とにかく、現状報告は、そんなとこ。内々の話を病院なんかですべきやないけど、絶好の機会やったから、一応しといた」

そう言って、みかげは椅子を軽く引き、ベッドから離れる。

「どっちも気になるから、夏休みが明けたらスピードは鈍るけど、分析は続けるわ。あと、飲み会で『キツネツキ』の話をしてくれた同業者に、あれからどうなったーってさりげなく訊《き》いてみる。ことドラッグに関しては、同業者への情報共有は、そこそこしてくれるはずやから。そっちも興味あるやろ？」

「勿論《もちろん》だ」

「オッケー。……顔色悪いな。ゴメン、情報多すぎやった？」

「確かに多かった。でも、とても勉強になった」

有は、やっとのことで無難な感謝の言葉を喉の奥から絞り出す。

「そっか。そやったらよかった。けど、そろそろ休んだほうが……」

みかげがそう言ったとき、ノックに続いて、看護師がやってきた。昼食のトレイを持って来てくれたのである。

「あら、杉石さん、具合悪いですか？　検査で疲れたかな」

心配する看護師に、有は片手を振って、大丈夫だという意思表示をする。

「そう？　じゃ、お昼を食べて英気を養って、あとは三時くらいから教授の回診ですからね」

サイドテーブルの上に昼食のトレイをセットすると、看護師はみかげに「ご苦労様です」と挨拶《あいさつ》して出て行く。毎日来ているだけに、すっかり顔見知りである。

「お昼食べて、休み。シリカが来たとき、そんな青い顔しとったら、心配されるで」

「……そうだな」

「まあ、そういうことやから、薬物のことは、私にどーんと預けて。有ちゃんは、身体を治すことに全力投球してな。……その、シリカのあれこれも、私にできることやったら、何でも言うて」

有は、どうにか微笑を作って頷《うなず》く。

「ありがとう。今、してくれていることで、十分過ぎる」

「それは我ながらちょっとは思う。けど、私のお節介は、こんなもんやないんやで！ほな、そろそろ行くわ」

立ち上がったみかげを、有は心配そうに見る。

「また、職場へ？」

「いや、今日は、例の友達の結婚式の、二次会用の買い物。ビンゴゲームの景品が要るねん。安くてしょーもなくて、おもろいもん。けっこうハードル高いから、ちまちま探さんとな。夕方、また戻ってくるから」

そんな言葉を残して、みかげは風のように病室を出て行く。

引き戸が閉まり、静寂が戻るなり、有の顔から微笑が消えた。

「いやな符丁だ。『キツネツキ』……か」

有が勉強のために読んだ書籍によれば、いわゆる「憑きもの」という言葉は、根深い差別感情や地域特性などを含む恐ろしく複雑な概念を持つ言葉で、さっきみかげが言ったような「神秘的なパワーが身に付く」などという安直なものとはほど遠い。

(とはいえ、現代社会では、映画やマンガでそういうイメージで語られることもあるのかもしれないな。……狐が憑依《ひょうい》することで、超人的な力を身につける……)

「超人的な、力」

掠《かす》れ声で呟《つぶや》いた有の脳裏によぎったのは、シリカのことだった。

日頃は温和で陽気な彼が、パニック状態や強い緊張状態に陥ったときに何度か見せた、あの信じられないような力と、獣じみた表情。

あれはまさに、危険ドラッグに「キツネツキ」と命名した誰かがイメージするような、人間離れした能力を発揮できる状態ではないだろうか。

(しかし、シリカがドラッグを乱用しているとは思えない。一緒に暮らして、そんな疑

いを持ったことは、一度もない。むしろ、彼が言った「もうひとりのわたし」が気になる）

（シリカのことも、いつまでも逃げているわけにはいかないな）

有は深呼吸をひとつして、トレイの上に目をやった。

痛みは残っているとはいえ、嚥下《えんげ》困難は解消されたので、そこにあるのは、いわゆる通常食だ。

今日のメニューは、春雨とキュウリと蟹《かに》かまぼこの酢の物、卯《う》の花、白身魚のおそらくは冷えたフライと白飯だった。

栄養バランスはいいのだろうが、まだみかげの話に動揺したままの有にとって、食欲がそそられる献立とは言い難い。

（しかし、食べないと退院が遠のいてしまう可能性があるな）

せっかく朝食はすべて平らげて褒められたのに、昼食に箸《はし》をつけないと、余計に看護師に心配されてしまいそうだ。

「……いただきます」

覚悟を決めて挨拶をし、有は重い動きで箸を取り上げた……。

「じゃーん！」

そんな自前の景気のいい効果音と共に現れたシリカは、一仕事終えたような得意顔だった。

どうにか昼食をやっつけ、グッタリ横たわっていた有は、ゆっくりと身を起こし、枕を立てて、背中を預けた。

小一時間眠ったおかげで、気分はかなりよくなっている。

「なお、大丈夫？　昨日より、元気になった？」

そう言って軽い足取りで、さっきはみかげが座っていたパイプ椅子にどすんと腰を下ろしたシリカに、有は薄く笑って頷いた。

「だいぶいい。君は？　ピアノのレッスンはどうだった？」

シリカは、満面の笑みで、両手を胸の高さまで上げた。そして、鍵盤《けんばん》を弾く動作をしてみせる。

「よく練習してるって、ミホ先生にほめられた！」

「それはよかった。確かに、毎日、練習してるものな」

「少しずつ、だけどね。でも、ひとつ大事なことを忘れていて、そこは注意された」

「大事なこと？」

「弾き始めるとき、右手と左手を、決まったけんばんの上に載せなきゃいけないんだ。それを、忘れてた」

「ホームポジションというものだろうか。そうか、実際に習ってみないと、わからないことはあるものだな」

「うん。でもね、『愛の夢』は、先週より上手になったって。やっぱり、トーコとなおに、わたしが愛で、トーコとなおが、わたしに愛だからだね！」

　またしても、お気に入りのフレーズを持ち出すシリカに、有は眉尻《まゆじり》を下げる。

「まさか、ピアノの先生にその話は……」

「約束だったから。トーコのことだけ言ったよ」

「よかった。ありがとう」

「でも、弾いてるあいだは、ふたりのことを考えてた」

　嬉《うれ》しそうにそう言ってから、シリカはカーゴパンツのポケットを探り、綺麗《きれい》に四つ折りにしたメモを引っ張り出した。

「それから、ミカにもらったこれを見ながら、電車とバスにひとりで乗ってきた！　これを見せたら、知らない人が、『ここで降りなさい』って教えてくれたんだよ。やさしいね」

「……よかったな」

　話を聞くだけで、そのときの光景が脳裏に浮かび、有は微笑む。

　有が入院した直後に子供時代の思い出を語って以来、シリカは過去についてまったく言及しない。「もうひとりの自分」についての話も、持ち出そうとしない。

　過去を思い出し、話すのが嫌なのか、怖いのか、それとも、誰かに口止めされているのか……無意識のうちに、ストッパーがかかっているのか。

有には見当もつかないが、このまま、シリカが何かの機会に話す気になってくれるのを待っているだけでは、埒《らち》があかない。

シリカの人権を蹂躙《じゅうりん》するわけにはいかないが、かといって、それを言い訳に手を拱《こまね》いているのは危険だと、有は身を以《もっ》て思い知った。

(今回は、僕だからよかった。だが、これが他人なら……そして、うっかり相手を殺してしまったら。それこそ、取り返しのつかないことになる)

そう考えると、有のみぞおちがキリリと痛む。荷が重すぎると逃げたがる自分を叱責《しっせき》し、有は、思いきって切り出してみた。

「シリカ。この前のことなんだが」

すると、シリカの顔から拭《ぬぐ》ったように笑みが消える。叱られた幼子の表情で、シリカは有を見た。

「なお……やっぱり、わたしのこと、こわいんじゃない？」

(参るな)

有は、胸の中で溜《た》め息をついた。

シリカの質問は、時に、有の心のいちばん弱いところを突いてくる。

ここで、「怖くない」と言えば、嘘になる。そしてその嘘は、彼とシリカの間に、抜けない棘《とげ》として刺さり続けることになるだろう。

だから有は、正直に「それは怖いさ。死にかけたんだ」と答えた。

シリカの今は金色に見える目が、早くも潤み始める。だが有は、自分が苛《いじ》めっ子になった気分を嚙《か》みしめつつ、敢《あ》えて正直に告げた。

「君に首を絞められたとき、僕は言うまでもなく驚いたし、後になってとても怖くなった。でも、勘違いしないでほしい。『もうひとりの君』が、僕の首を絞めたのは、むしろ幸運だったと思っている」

「えっ？」

「あれがもし、真壁さんだったら。あるいは全然関係のない他人だったら。そして、僕が真壁さんのように上手《うま》く君を止められなかったら。僕はみすみす、君を殺人者にしてしまうところだった」

シリカは有の言葉をゆっくりと嚙み砕き、そして、深く頷《うなず》いてそのまま項垂《うなだ》れる。

「君を責めているんじゃない。ただ、入院中、ずっと考えていたんだ。天河先生は、ご本の隅に、こう書き遺《のこ》しておられた。『シリカを、死から遠ざけて。モンスター』と」

「トーコが？」

ビックリして、シリカは顔を上げる。

「モンスターは、わたしのことだよ？」

しかし、有は僅《わず》かに首を横に振った。

「天河先生は、かつて、君をそんな風に呼んでいたんだったな。その情報があったから、僕もそうだと思い込んでいたんだが……」

「違うの？」

「違うかもしれない」

「じゃあ、誰？」

その質問にすぐには答えず、有はこう言った。

「あの文句の意味が、ずっと僕にはわからなかった。今だって、正確にはわからない。天河先生がこの世にいらっしゃらない以上、正解は永遠にわからないだろう。でも、こう思うんだ。この場合のモンスターは、君ではなく、『もうひとりの君』なんじゃないかと」

「……あ」

シリカの薄く開いた唇から、小さな声が出た。

「モンスター、つまり『もうひとりの君』が、君、つまりシリカの意思とは関係なく暴力を振るい、引き寄せてしまうかもしれない『死』から、君を遠ざけてほしい。そんな天河先生のたっての願いなんじゃないだろうか。僕は、そう考えた。勿論《もちろん》、勝手な解釈かもしれないが」

シリカは肯定も否定もせず、ただじっと有の次の言葉を待つ。

有は、ゴクリと唾《つば》を呑《の》み込み、またジクジクと痛み始めた喉《のど》に、もう少し耐えてくれと願いながら言葉を継いだ。

「君は、『もうひとりの君』と、向かい合う気はないか？　いつまでも、『もうひとりの君』がいつ現れるか、何をしでかすか、恐れながら、怯《おび》えながら暮らすのは、決して君のためにはならないと思う」

シリカの両手が、腿《もも》の上でギュッと握り締められる。

「なおは、わたしにそうしてほしい？」

有は、ハッキリと頷いた。

「してほしい。それが、天河先生の願いであると今は思うし、僕も、天河先生からの大切な預かりものである君に、安心して、心身共に健やかな状態で人生を送ってほしいと思うからだ」

「じゃあ」

「ただ、決めるのは君だよ、シリカ」

返事をしかかったシリカを、有は厳しく遮った。

「……え？」

有の脳裏には、さっきのみかげとの会話が甦《よみがえ》る。

「もし、僕を信じてくれているなら、僕のご機嫌を窺《うかが》う必要はない。君がどんな結論を下しても、君への態度を変えるつもりはないよ」

「それって、もしわたしが、『もうひとりのわたし』をこのまま放っておくって決めても？」

有は迷いながらも、ひとつ、頷いた。

「無論、それならそれで対策を講じなければならないとは思うが、少なくとも、君に何かを強制するつもりはない。ただ、僕の推論と、僕の希望を伝えたかっただけだ」

「わたしを捨てない？」

「見くびらないでくれ。僕は確かに全方位頼りないが、そんなことをする人間じゃない。天河先生から頼まれただけじゃない。今となっては、君は、僕の大事な同居人だからだ」

珍しく強い調子で言い切った有に気圧《けお》されて、シリカは口を噤《つぐ》み、黙り込んだ。

有も、息を吐くたび、喉からせり上がる血の味に閉口しながら、そのまま待ち続ける。

沈黙は、五分ほどもあっただろうか。

シリカは、ぽつりと打ち明けた。

「わたしは、こわいんだ」

「シリカ……」

「きっと、『もうひとりのわたし』は、わたしより強い。ひとりじゃ勝てないって、ずっと思ってた。だから、そんなやつ、いないって思い込もうとした。でも、駄目だった。あいつは、出て来ちゃう。出てきたら、わたしは駄目になってしまう」

「……ああ」

有の手が、無自覚に痛む頸部《けいぶ》に触れる。

「でも、なおが一緒にいてくれるなら、勝てるかもしれない」

「それはどうだか」

こんなときに正直過ぎるのが、有の長所でもあり、短所でもある。

たちまち不安でいっぱいの顔つきになったシリカに、有は慌てて言葉を添えた。

「すまない。僕は無力だから、君とふたりだけで、あの強烈な『もうひとりの君』に勝てるとは思えない。だから、助力を仰ごうと思う」

「じょ、りょく？」

「人の助けだ。何度か会ったことがあるだろう。虎目先生を、覚えているか？」

有に問われ、シリカは少し考えて、頷いた。

「あ、トラだから、トラーちゃんだね！　おじいちゃんの人」

どうやら、虎目の「虎」を、愛読書の『クマのプーさん』に出てくるお気に入りのキャラクターになぞらえて記憶していたらしい。

上司をちゃん付け、しかもおじいちゃんと呼ばれ、頭痛がぐっと増した気がしながらも、有は頷いた。

「そうだ。虎目先生に相談したら、知り合いに、そういう心の深いところに根ざした問題を解きほぐす方法をずっと研究している、変わり者の医大時代の同級生がいるらしい。その人を紹介してくれると言うんだが」

「……えっと、変な人？　心の？」

「心のお医者さんだ。そういう理解でいい。秘密は守ってくれる、きちんとした人だと仰《おっしゃ》っていた。君さえよければ、その先生を紹介してもらって、二人で一度、会いに行ってはどうかと思うんだ」

「なおも、来てくれる？」

「無論。退院してから、しばらくは自宅療養期間を取ることになる。その間に、行ければと思っているんだ。……本当は本末転倒な行動なんだが、無理をしなければ許されると思いたい」

医師にあるまじき発言であることは重々自覚しつつ、有は言いにくそうにそう提案した。

シリカは、まるで「もうひとりの自分」の気配を探るように、自分の胸元をしばらく見下ろしていたが、やがて有をまっすぐ見て答えた。

「行こう。その……変なお医者さんに、『もうひとりのわたし』の居場所をさがしてもらおう。そうしたら……『もうひとりのわたし』に、出ていってもらえるかも」

「可能性は、ある。そう上手くいくかどうかはわからないが、とにかく試してみないことには、何も変わらない。それだけは事実だ」

「わかった」

シリカは、もう一度ハッキリと承諾の返事を口にした。

「やる。なおが一緒なら」

「君が必要とするときは、いつも一緒にいる。約束する」

うん、と子供のような返事をして、シリカは、有に向かって右手を差し出す。

「そういえば、君と握手をするのは、初めてじゃないか？　これは、何の握手なんだ？」

怪訝《けげん》そうな有に、シリカは明るい声で言った。

「あいさつのときも、心をつなぎたいときも、あくしゅをするんだよ。トーコが、教えてくれた」

「心を、繋《つな》ぐ……」

「手をつなぐと、温かいものが、わたしに流れてくる。きっとわたしの温かいものも、つないでる人に流れていく。それが、きっと、心」

「……そうか」

そう長くない年月だっただろうが、陶子が目いっぱい注いだ愛情は、確かにシリカの全身に溢《あふ》れ、ときおりその一部が流れてきて、有の心身すら温めてくれる。

「わかった」

有は、シリカの右手を、自分の右手でしっかりと握った。直後、それ以上の力で、シリカが握り返してくる。

「一緒、だね」

「ああ。一緒だ」

痛いほど握り締められた右手から、シリカの高い体温がじわじわと伝わってくる。

なるほど、これが「心」か、とやけにしみじみした気持ちで、有は、これから自分たちを待ち受けているであろう険しい道のりに、静かに思いを馳《は》せた……。

エピローグ

ふと、独特の匂いが、鼻を掠《かす》める。

リビングルームのソファーに腰を下ろした有は、しばらく鼻をうごめかせ、それが油絵の具の匂いであることに気づき、驚いて目を見開いた。

（ここでずっと暮らしていたときには、気づかなかった。というか、もうとっくに消えたものだと思っていた）

かつてこの家をアトリエとして使っていた有の祖父は、そこそこ名の知れた洋画家だった。彼が生きていた頃は、もっと濃密な絵の具の匂いが、家の中に満ちていたものだ。

だが、彼が死んで、作品こそ今も家の中に何枚か残っているものの、画材の類《たぐい》はすべて処分してしまった。まさか、まだ家のどこかにあの匂いが染みついているとはと、有は驚きを禁じ得ない。

（亡き人の痕跡《こんせき》は、どこかに残るものなんだな）

そんなことを思いながら、有は、大きく伸びをした。

今朝、彼はようやく退院を許され、数時間前、一週間ぶりの我が家に帰ってきた。

病院から自宅まではタクシーを使ったし、荷物はすべて、みかげとシリカが持ってくれた。

まるで大名のような扱いで帰宅したにもかかわらず、それだけのことで、有はすっかりくたびれて、ソファーにへたりこんでいる。

まだ身体が回復途中なせいもあるだろうが、頭痛で寝こみっ放しだった入院生活のせいで、かなり体力が落ちてしまったようだ。

（真壁さんに、お茶を出すこともできなかったな）

有は、申し訳なさに顔を曇らせた。

有を自宅に連れ帰り、これまでの必要経費の精算を終えると、みかげは「じゃ、あとはお若いお二人で！」と、仲人《なこうど》のような冗談を飛ばして帰っていった。

おそらくは神戸の繁華街、三宮《さんのみや》あたりで、例の「二次会ビンゴの景品」を買い足して帰るつもりなのだろう。

（また、あらためてお礼の場を設けさせてもらわなくては）

そんなことを考えている有のもとに、とことことやってきたのはシリカだった。

「大丈夫？　寝に行く？」

そう問われて、有は笑いながら首を横に振った。

「病院で寝てばかりだったから、もういいよ」

「じゃあ、お茶飲む？」

「それもいい。さっき、真壁さんが淹《い》れてくれたのを飲んだから」

「そっか……。じゃあ」

有の前に突っ立ったシリカは、まるで子供が友達を遊びに誘うような口調で、こう言った。

「じゃあさ、ちょっとだけ、ピアノひく？」

「……は？」

咄嗟《とっさ》に何を言われているのか理解できない有に、シリカはリビングルームの片隅に置かれたアップライトピアノを指さした。

「ピアノ」

かつて、有の祖母が嫁入り道具に持って来た、古いピアノである。

長らく放置され、飾り物をおく台のような扱いを受けていた哀れなピアノは、今はきちんと修繕、調律され、シリカが毎日のように弾いている。

「ピアノはわかっているが、僕は弾けないよ」

「だいじょうぶ！　わたしがおしえる」

やけに自信たっぷりに、シリカはそう言った。

「君が？」

「うん。ミカにもおしえてあげるって言ったのに、『いらんわ』って言われちゃった」

「……君の物真似は、本当に微妙に似ているな」

有は、思わず噴き出した。

学生時代から、興味が持てない誘いはにべもなく撥《は》ねつけていたみかげの顔を思い出すと、「三つ子の魂百まで」という諺《ことわざ》がいきおい現実味を帯びてくる。

自分も、正直言ってピアノ演奏を聴くならともかく、弾くほうには興味がないと言いたいところだが、有には、入院中、シリカの相手を十分にしてやれなかった負い目がある。

無論、その原因を作ったのはシリカだが、それが「もうひとりの彼」の仕業だとすれば、目の前のシリカを責めるのは理不尽というものだ。

(少し、相手をするか)

そう考えて、有は、いささか気合いを入れて、立ち上がった。

「では、少しだけ」

「やった！　じゃあ、こっちへ来て」

シリカは有の手を引かんばかりの勢いで、ピアノの前に彼を誘《いざな》う。

「はい、こちらにどうぞ」

ピアノの前に椅子を二つ、並べておいたシリカは、ピアノに向かって左側の椅子を有に勧めた。

ピアノの蓋《ふた》を開け、楽譜立てに広げて置いたのは、言うまでもなく、初心者用「愛の夢」の楽譜である。

「まさか、いきなりこれを僕に弾けと？」

するとシリカは、有の隣の椅子に腰を掛け、有を見てこう言った。

「一緒にひく」

「うん？」

「わたしが右手、なおが左手で、一緒にひくんだ」

ようやく合点がいった有は、「連弾だな」と言った。

「いつも、ミホ先生がそうしてくれるんだよ」

「なるほど」

有は、目の前の楽譜に見入った。

幸い、高校までの音楽の授業で勉強した程度の知識でも、何とか把握できるくらい簡単な楽譜である。

(左手は、ほとんど、二つの音の繰り返しか。これなら、何とか)

有は、ホッと胸を撫《な》で下ろした。

「ピアノに触るのは、小学生のとき以来だよ」

「その頃は、ひけたの？」

「いや。クラスメートが、『猫踏んじゃった』を上手に弾くのが羨《うらや》ましくて、簡単に弾けるんだろうかと家で試したんだが、からっきしだった」

「ねこ……ふんじゃったらだめだと思う」

「いや、そういう曲名なんだ。今度、動画を検索してみよう。楽しい曲だよ」

「へえ！」

目を輝かせたシリカは、すぐに目の前の楽譜に注意を戻し、「やってみる？」と言った。

「ゆっくりで頼む」

「わたしも、ゆっくりしかひけないよ」

シリカはそう言って、鍵盤《けんばん》に右手を置いた。

有も、おっかなびっくりではあるが、久しぶりに鍵盤に左手を置いた。ツルツルした冷たい鍵盤の感触が、小学校の音楽室の五線譜が既に印刷された黒板を有に思い出させる。

「さん、はい！」

おそらく、「ミホ先生」の真似なのだろう。シリカのかけ声に合わせて、有は鍵盤を叩《たた》き、その予想外の重さに驚かされた。

（こんなに重いものだったか。あるいは、僕が弱っているだけか）

困惑したものの、ピアノのいいところは、とにかく正しい鍵盤を叩けば、善し悪しはともかく、音だけは出ることだ。

楽譜に躍る音符をどうにか読み、おぼつかないものの、一、二、一、二、と心の中でカウントしながら、有はベースラインを刻む。

有の演奏に合わせて、シリカは、こちらも極限まで音を減らした、しかし「愛の夢」の優美な雰囲気は十分に残したメロディーを弾く。

けっして双方共にスムーズとはいえない連弾だが、初めて音を合わせても、どうにかこうにか曲になるのが面白い。

最初こそしぶしぶだった有も、すぐに連弾の楽しさに気づいた。

何より曲自体が、簡単な上に短い。それなりに長い原曲が、見開き二ページにアレンジされているので、すぐに弾き終え、「もう一度！」ができる。

まるで子供が飽きることなく滑り台で遊ぶように、二人は幾度も演奏を繰り返した。

ほどなく、有はすっかり音を覚え、手元だけを見て弾けるようになる。最初の数回は、シリカに完全に合わせてもらっていたが、十五分もすると、シリカのペースを感じとりつつ、自分の音を合わせることもできるようになった。

「なおは、上手になるのが早いなあ。音も、きれいだ。手の心が、すごいのかな」

シリカは感心した様子でそんなことを言った。

耳慣れない言葉に、有は鍵盤からシリカの顔に視線を動かす。

「手の心？」

するとシリカは、自分の頭を指さし、ついでもう一方の手を指さした。

「ミホ先生が、教えてくれたんだ。ピアノを弾くとき、人は、頭と手の両方で、きおく、するんだって」

「頭と手で記憶？　頭は、脳という意味だな？」

　シリカは頷《うなず》いて、今度は楽譜を指した。

「がくふを覚えるのは、頭」

「それは、そうだな」

　次にシリカの右手が、軽くメロディーを弾く。

「動きを覚えるのは、手だって」

「……ふむ？」

「ミホ先生はね、なーんにも考えずに手を動かすと、手が、そのときの気持ちにピッタリの曲を、勝手に選んでひいてくれるんだって。すごいね！」

「……なるほど。手の記憶、か」

　有は、学生時代の講義を思い出し、小さく頷いた。

　確か脳外科の教授が、「人間には、脳の記憶、手の記憶がある。手を動かして得た技術は、脳が損傷されても残ることがある」という実例を示しながら、説明してくれた記憶が甦《よみがえ》る。

　医学の進歩で、今はその説がどうなっているのか、有は知らない。だが、納得できる説ではある。

「それはあるかもしれないが、『手の心』とは？」

「曲のイメージ？　ほら、こないだの話。『愛の夢』を弾くときには、『愛』のことを考えるって」

「ああ！　いわゆる、曲想というやつだな」

「愛のことを考えるのは、頭。でも、わたしの愛を、音にするのは手。だから、頭にも、手にも、心がある。わたしはそう思う」

「そこは、ミホ先生のお言葉ではないんだな」

「先生は、どうかしらねえって笑ってた」

「なるほど」

　さぞ困惑したであろう「ミホ先生」に申し訳なく思いつつも、有は、シリカの説に共感を覚えていた。センチメンタル過ぎると感じつつも、心のどこかに信じてみたい自分がいる。

「そういえば、音を拾うのに必死で、曲想のことを忘れていた。愛、だったな」

　シリカはにっこりして頷く。

「わたしは、トーコとなおのことを考えて弾いてるよ。そうしたらわたしの頭から手に、愛が流れる。私の手から、音に愛が流れる。愛と音は、なおの耳に届く」

（本当に、センチメンタルが過ぎるな）

　理性ではそう断じるくせに、シリカの言葉に、有の心の弦はたわいもなく震えてしまう。それを気恥ずかしい、幼稚だと詰《なじ》る「大人の自分」を、今は忘れてしまおうと有は思った。

ひとつのピアノに向かって、シリカと互いの心を響かせ合う。そんなひとときを、大切にしたいと感じたのだ。

「なら、僕が天河先生と君のことを考えて弾いたら……」

「なおの愛は、わたしの耳に届くね」

有は頷いた。

「悪くない」

「すてきだよ？」

「同じような意味だよ」

静かにそう告げて、有は再び鍵盤に指を置いた。

「では、今度は気持ちを込めて、もう一度」

「いっぱいの愛だね」

「……努力する」

真顔で応じる有に、シリカは笑顔で目《め》配《くば》せをした。

ついに「さん、はい！」という合図の必要すらなくなる。

二人は互いの心を寄り添わせ、不器用だが心のこもった音で、「愛の夢」を奏で続けた……。

本書は書き下ろしです。

この作品はフィクションです。実在の人物、団体等とは一切関係ありません。

モンスターと食《しよく》卓《たく》を 3

榧《ふし》野《の》道《みち》流《る》

令和3年 10月25日　初版発行
令和6年 11月25日　3版発行

発行者●山下直久

発行●株式会社KADOKAWA
〒102-8177　東京都千代田区富士見2-13-3
電話　0570-002-301(ナビダイヤル)

角川文庫 22881

印刷所●株式会社KADOKAWA
製本所●株式会社KADOKAWA

表紙画●和田三造

●お問い合わせ
https://www.kadokawa.co.jp/（「お問い合わせ」へお進みください）
※内容によっては、お答えできない場合があります。
※サポートは日本国内のみとさせていただきます。
※Japanese text only

ISBN 978-4-04-111428-5　C0193

角川文庫発刊に際して

角川源義

第二次世界大戦の敗北は、軍事力の敗北であった以上に、私たちの若い文化力の敗退であった。私たちの文化が戦争に対して如何に無力であり、単なるあだ花に過ぎなかったかを、私たちは身を以て体験し痛感した。西洋近代文化の摂取にとって、明治以後八十年の歳月は決して短かすぎたとは言えない。にもかかわらず、近代文化の伝統を確立し、自由な批判と柔軟な良識に富む文化層として自らを形成することに私たちは失敗して来た。そしてこれは、各層への文化の普及滲透を任務とする出版人の責任でもあった。

一九四五年以来、私たちは再び振出しに戻り、第一歩から踏み出すことを余儀なくされた。これは大きな不幸ではあるが、反面、これまでの混沌・未熟・歪曲の中にあった我が国の文化に秩序と確たる基礎を齎らすためには絶好の機会でもある。角川書店は、このような祖国の文化的危機にあたり、微力をも顧みず再建の礎石たるべき抱負と決意とをもって出発したが、ここに創立以来の念願を果すべく角川文庫を発刊する。これまで刊行されたあらゆる全集叢書文庫類の長所と短所とを検討し、古今東西の不朽の典籍を、良心的編集のもとに、廉価に、そして書架にふさわしい美本として、多くのひとびとに提供しようとする。しかし私たちは徒らに百科全書的な知識のジレッタントを作ることを目的とせず、あくまで祖国の文化に秩序と再建への道を示し、この文庫を角川書店の栄ある事業として、今後永久に継続発展せしめ、学芸と教養との殿堂として大成せんことを期したい。多くの読書子の愛情ある忠言と支持とによって、この希望と抱負とを完遂せしめられんことを願う。

一九四九年五月三日

モンスターと食卓を

椹野道流

うちに帰って、毎日一緒にごはんを食べよう。

神戸の医大に法医学者として勤める杉《すぎ》石《いし》有《なお》には、消えない心の傷がある。ある日、物騒な事件の遺体が運び込まれる。その担当刑事は、有の過去を知る人物だった。落ち込む有に、かつての恩師から連絡が。彼女は有に託したいものがあるという。その「もの」とは、謎めいた美青年のシリカ。無邪気だが時に残酷な顔を見せる彼に、振り回される有だけど……。法医学者と不思議な美青年の、事件と謎に満ちた共同生活、開始！

角川文庫のキャラクター文芸

ISBN 978-4-04-107321-6

ISBN 978-4-04-111527-5

ISBN 978-4-04-103362-3

妖魔と下僕の契約条件 1

椹野道流

絶望から始まる、君との新しい人生。

その日、足達正路《あだちまさみち》は世界で一番不幸だった。大学受験に失敗し二浪が確定。バイト先からは実質的にクビを宣告された。さらにひき逃げに遭い瀕死の重傷。しかし死を覚悟したとき、恐ろしいほど美形の男が現れて言った。「俺の下僕になれ」と。自分のために働き「餌」となれば生かしてやると。合意した正路は生還を果たすが、契約の相手で、人間として骨董店を営む「妖魔」の司野《しの》と暮らすことになり……。ドキドキ満載の傑作ファンタジー。

角川文庫のキャラクター文芸

ISBN 978-4-04-111055-3